天狗の花帰り

Riichi Takao
高尾理一

CHARADE BUNKO

Illustration

南月ゆう

CONTENTS

天狗の花帰り —— 7

あとがき —— 247

プロローグ

「……成ったな」

満足そうな剛籟坊《ごうらいぼう》の呟《つぶや》きを、最初、雪宥《ゆきひろ》は聞き流していた。

情熱的に絡み合い、剛籟坊に追いたてられるようにして到達した絶頂の余韻に、ぼんやりと浸っていたからだ。

体内に放たれる精は、雪宥の命の源。雪宥という花を綺麗《きれい》に咲かせるために、日々注がれる愛情の証《あかし》である。

剛籟坊はゆっくりと身を引いてつながりを解き、雪宥に覆い被《かぶ》さったまま首筋や胸元を鼻先でまさぐり、腹に散った雪宥の精液を舐《な》め取った。それは剛籟坊の命にはならないけれど、神通力を増幅させることができる。

互いに補い合えるのはいいことだ。雪宥はほとんど無意識に手を伸ばし、剛籟坊の頭を包みこんで撫《な》でていた。

荒かった呼吸が落ち着くと、愉悦で彼方《かなた》に飛んでいた思考力も戻ってくる。

おくればせながら、聞き流していた呟きに疑問が浮かんだ。

「なったって、なにがなったの？」

精液はすでになくなっているのに、名残惜《なごりお》しそうにへその窪《くぼ》みに舌先を突っこんで舐めている剛籟坊に、雪宥は訊《き》いた。

「お前が成った」

説明というものをしない彼の言葉は、いつも短くてわかりづらい。

「俺?」

「ああ」

「なにになったの?」

「天狗《てんぐ》に決まっている。転成したんだ」

「……」

雪宥が無言で目を見開いていると、剛籟坊が顔を上げ、訝《いぶか》しげに問うてきた。

「なぜ驚いている?」

天狗と契《ちぎ》り、伴侶《はんりょ》となった人間は、契った天狗の精液なしには生きられなくなり、やがて己も不老不死の特性を持つ天狗へと肉体が変化する。

食べ物の代わりに口にするのは、精液のみ。それ以外のものは、たとえ水であっても毒物を摂取したかのような苦しみを味わい、精液が与えられなければ、渇き飢えていずれは死に至る。

人間が生命活動を行うのとはかけ離れた、過酷ともいえるその変遷の過程。

少しずつ人間から遠ざかっていく感覚があり、結界の存在を感知し、それを通り抜けられるようにもなって、天狗としての能力がほんの少し使えるようになってきていた。

転成への道のりを歩みつづけているとわかっていたのに驚いたのは、転成の瞬間がこんなに呆気《あっけ》ないものだとは思わなかったからだ。

予想としては一週間くらい前、少なくとも三日くらい前からわかっていて、剛籟坊と二人で気分を高め、いよいよだな、とか、緊張するよ、などと語らいながらそのときを迎えるのだと考えていた。

つまり、変わった瞬間が自分でもわかると思いこんでいたのだ。

それが、なんの前触れもなく、いつものように抱かれ、いつものように快楽の海で漂っている間に、自覚もなく転成してしまったとは。

さらに、それを待ち望んでいた剛籟坊がこんなにもあっさり、もったいもつけずに告げるとは。

「いや、だって……、想像してたのと違ったから、驚いたっていうか、肩透かしを食らったっていうか。俺、本当に成ったの？　完全に天狗？」

「そうだ。人間の気が消えて、どこからどう見ても天狗だ。俺の精気で満たされ、混じり合い、輝いている。よくやったな、雪宥」

のしかかっている剛籟坊を押しのけるようにして、雪宥は上体を起こした。

自分の身体を眺めまわしたが、混じり合って輝いているかどうかはわからない。消えてしまった人間の気とは、どういうものだったのだろう。

だが、剛籟坊が言うのだから、雪宥は本当に天狗に転成したに違いない。

なにが変わったのかまったくわからず、目標に向けて懸命に努力したわけではないので達成感も遠いけれど、本当の意味で剛籟坊の伴侶になれたのだと思えば、じわじわと喜びが湧《わ》き起こってくる。

「嘘《うそ》みたい。俺、本当に天狗になっちゃったんだ」

祖父の死と遺産を巡って家族と喧嘩《けんか》をし、不動山《ふどうさん》に迷いこみ、剛籟坊に強引に抱かれ反発していた日々が走馬灯のように駆け巡った。さほど昔のことではないのに、なぜか懐《なつ》かしい。

「お前ほど美しく可愛《かわい》らしい天狗は、どこの山にもいない。誰《だれ》にも見せたくはないが、成ったからには俺の伴侶を披露せねばならんな」

「……ひ、披露？　誰に？」

過去に思いを馳《は》せていた雪宥は、予想もしなかった言葉を聞き、きょとんとして剛籟坊を見つめた。

1

不動山の主《あるじ》の居城、天狗館に集まった総勢八名の大天狗と、彼らの供をしてきた天狗たちを目の前にして、雪宥の緊張は頂点に達していた。

天狗館の「雪花《せっか》の間」――雪宥の名にちなんで剛籟坊が名づけた大広間――で行われているお披露目の祝宴で、剛籟坊と雪宥は結婚式にたとえれば、新郎新婦に設けられる高砂席に座っている。

不動山の主である大天狗の剛籟坊が娶《めと》った伴侶が、めでたく天狗へと転成したことのお披露目だから、人間でいう結婚式の披露宴とさほど変わりはないのかもしれない。

衣装も、剛籟坊は篠懸《すずかけ》に括《くくりばかま》袴という山伏の恰好《かっこう》ではなく、黒い着物と羽織、生地の違う黒い袴をつけていた。髪は後ろでひとつにまとめ、群青の飾り紐《ひも》で括《くく》っている。

別々の部屋で支度をし、引き合わされたとき、雪宥は思わず剛籟坊に見惚《みと》れてしまった。長い袴や括った髪は珍しく、山伏姿のときより一段と男ぶりが上がっている。

その雪宥は白い着物に、アマツユリの模様が金糸で織りこまれた豪華な赤い打掛を、烏《からす》天狗の蒼赤《そうせき》に着つけてもらった。結えるほどの長さがないので、横の髪を少しだけ束ね、金で装飾された真珠の髪飾りをあしらっている。

自惚《うぬぼ》れでなければ、剛籟坊も雪宥にかなり長い間見惚れていたと思う。

「……美しいな。俺の伴侶は天下一だ。見せびらかして自慢したいが、見せびらかすのが惜しくなってきた」

披露目の席につく直前に至っても、剛籟坊は迷いを滲《にじ》ませた口調でそう言い、雪宥の頰《ほお》を片手で包み、愛《いと》しげに顎先《あごさき》まで撫で下ろした。首を動かせば、髪飾りの装飾がシャラシャラと軽やかな音をたてる。

最近まで普通の男子大学生をやっていた雪宥は、煌《きら》びやかな赤い打掛や真珠の髪飾りが自分に似合うとは思っておらず、世辞ではないかと疑ったものの、剛籟坊の熱のこもった眼差《まなざ》しに、本気だと悟らざるを得なかった。

「剛籟坊にそう言ってもらえるのは嬉《うれ》しいけど、ほかの天狗たちは俺を天下一だとは認めないんじゃないかな」

「お前は自分をわかっていない。誰が見てもこんなに美しいのに。誰もが欲しがらずにはいられまい」

即答で断言する剛籟坊のいきすぎた欲目は、雪宥に照れよりも苦笑をもたらした。

「そんなに魅力的な俺を、大勢の天狗たちに披露してもいいの？　転成中は剛籟坊以外の天狗には姿を見せてはいけないとか、箱庭に閉じこめて誰にも見せたくないってうるさく言っていたのに」

天狗の伴侶は無垢《むく》な人間の男子のみが天狗と契り、その精液を与えられて、成る。無垢な男子の精液は、天狗の神通力を増幅させるのだ。

そして伴侶は合意、不合意にかかわらず、連れ合い以外の天狗と交わると、たるんだ皮に泥砂をつめたような肉体に劣化し、精液も効力を失う。

役立たずとなった伴侶は泥舟と呼ばれ、殺されると聞いた。

剛籟坊は、たとえ泥舟になっても雪宥を変わらず愛し、そばに置いて離さないと言ってくれているが、雪宥自身が泥舟になどなりたくないので、剛籟坊が張ってくれた結界のなかで過ごすようにしている。

そんな雪宥の態度を剛籟坊も喜んでいた。泥舟にされる危険が減るから、というより、彼の強い独占欲を満足させたからだ。彼は大事なものは安全な場所に隠し、一人で愛《め》でたいタイプである。

だから、お披露目をすると剛籟坊が言いだしたとき、雪宥は驚いた。宝物を自慢したい気持ちはあっても絶対にしない、剛籟坊にはできないと思いこんでいた。

人間に近い不安定な転成期を終え、ようやく天狗になったとはいえ、雪宥はまだ神通力のなんたるかを理解しておらず、結界を通り抜けるくらいが精一杯で、使いこなして自衛するなど夢のまた夢だ。

「俺の伴侶は俺と一心同体だ。ゆえに、正式な紹介が必要となる」

雪宥の顎の下を、猫でも可愛がるように指先で撫でながら、剛籟坊はおもしろくなさそうな顔で言った。

人間に比べ、天狗たちは自由に生きているように思えるが、彼らなりの秩序はあり、自分勝手なふるまいをすれば、力でねじ伏せられる。剛籟坊にも無視できないルールがあるのだろう。

「つまり、天狗の仲間入りのご挨拶《あいさつ》ってやつ？」

「そんなところだ。ここ数百年、伴侶を迎えた大天狗はいないから、誰もがお前を見たがっている」

普段から交流のある、仲のいい大天狗だけを呼んだそうだが、それでも八人もいるのが剛籟坊は気に入らないようだ。供の天狗も合わせれば、かなりの数の天狗たちが不動山にやってきている。

「でも、剛籟坊と仲がいいなら安心だね」

剛籟坊の不満と、自分の不安を払拭《ふっしょく》するように、雪宥は努めて明るく言った。

仲のいい友人の伴侶に襲いかかり、泥舟にするような招待客はいないだろう。剛籟坊も自分が信用できない天狗を招いたりしないはずだ。

「だからといって、油断するな。俺から離れてはいけない。お前に指一本でも触れたら殺すと言ってあるが、命知らずがいるやもしれん」

剛籟坊は冗談を言わないから、すべて本気で、本当のことなのだろう。指一本で殺すと脅すのもすごいが、命知らずがいるかもしれないのも怖い。

とにかく、相手は天狗なので、身に沁みついた人間の常識で判断してはいけないということだ。用心を怠らず、つねに剛籟坊にくっついているのが一番安全である。

「わかった。気をつける」

「気をつけても、お前は自分の身を守れない。そうだな？」

非力さをことさらに念押しされ、雪宥は戸惑った。

「そりゃ、襲われたら走って逃げるくらいしかできないよ」

「弱々しいお前の足では逃げきれない。そうだな？」

「……うん。剛籟坊が守ってくれるんじゃないの？」

「もちろんだ。だが、万が一ということもある。だから俺の頼みを聞いてくれ」

耳元に唇を寄せ、秘め事のように囁《ささや》かれた剛籟坊のお願いは、雪宥の意表を突き、束《つか》の間《ま》絶句させた。

ふたつ返事では頷《うなず》けない事柄だったが、剛籟坊の目は真剣で、断っても強硬手段に出そうな気迫が漂っている。問答無用で押しつけず、雪宥の同意を得ようとしているだけ、剛籟坊にしては譲歩しているのかもしれない。

「……いいよ。剛籟坊の言うとおりにしてあげる」

言い争いは無駄だと割りきった雪宥は、気恥ずかしさを堪《こら》え、不承不承頷いた。

蒼赤さえも知らない二人きりの準備が整うと、剛籟坊はいつものように雪宥を縦抱きにして、雪花の間へと連れていってくれた。

人間として生きてきて二十年、天狗界にやってきて百四十日――人間界の時間に換算すると二十年だ――雪宥がこんな晴れがましい主役の席に座ったのは初めてである。

招かれた天狗たちは、すでに席についていた。

円座が敷かれ、高砂席に近い位置から左右に分かれて大天狗が座し、その後ろに大天狗の供をしてきた人間の姿の天狗たちが控え、さらに後ろに烏天狗たちが集まっている。

不動山の天狗たちは裏方で、客をもてなすためにてんやわんやの大騒ぎである。

百畳はあろうかという大広間が、他山の天狗たちで埋まっているのは壮観ではあったが、不動山しか知らない雪宥には恐ろしく感じられた。

といっても、大天狗たちが妖怪《ようかい》じみた姿かたちをしているわけではない。

身長が二メートルを超えている大天狗もいたが、剛籟坊と同じように翼をしまえば人間そのもので、彼らは朗らかに笑って順に自己紹介し、このたびの転成を言祝《ことほ》いでくれた。

名前や棲《す》みかの山、席次、おおよその年齢などを表にしたものを、数日前に蒼赤が渡してくれたおかげで、雪宥は慌てることなく、頭に叩《たた》きこんだデータと実際の大天狗の顔を当てはめていくだけですんだ。

いつまでも緊張が解けないのは、雪宥の問題である。

転成の自覚がない雪宥の意識はいまだ人間であり、大広間を埋め尽くす天狗の群れを、自分と同じ生き物だとは思えなかった。

それに、天狗たちは人間と違って遠慮がないので、珍しいものでも見るように雪宥をじっと凝視してくる。目が合っても気にせず見ているし、雪宥が右を向けばそれを追い、腕を上げればそれを追う。

俯《うつむ》いて小さくなっていると、「俯いた」、「小さくなった」、「顔が見えない」、「つむじは右巻きだ」などと雪宥について語る声が聞こえてくる始末だ。

「ご、剛籟坊……」

いたたまれなさに耐えきれず、隣に座っている剛籟坊に小声で助けを求めれば、剛籟坊を含めた全員の視線が雪宥に突き刺さった。

大天狗たちは耳がいいらしい。波が引くように談笑も止まって、みんなが雪宥を見つめ、言葉を発するのを待っている。

「どうした？」

剛籟坊の声は優しい。その眼差しには愛しさが溢《あふ》れている。

だが、視線と沈黙に追いつめられた雪宥の、じっとしていられないほどの困惑には気づいていない。彼も所詮《しょせん》、天狗だった。精神構造、思考回路が人間とは違う。

こんな状態で、皆さんに俺を見るのは遠慮してくださいと頼んでほしい、なんて言いだせない。

気まずい沈黙のなか、助けを求められていることすらわかっていない剛籟坊と、虚《むな》しく見つめ合うしかできない雪宥を、蓮生山《れんしょうざん》の主、高徳坊《こうとくぼう》が助けてくれた。

千二百歳を超える高徳坊は大天狗のなかでも最年長で、当然ながら席次は一番である。

「ほっほっほ。皆がそのように見つめるので、居心地《いごこち》が悪いのでしょう。先ごろまでは人間だったのですから」

耳触りのいい、軽やかな笑い声だ。高徳坊の取りなしに、席次五番の牛臥山《うしふせやま》の東犀坊《とうさいぼう》が反応し、人懐こい顔を綻ばせた。

「おお、そうだったか。それは失礼した。剛籟坊どののご伴侶があまりにも美しいので、つい見入ってしまった。俺は伴侶を見るのが初めてなのだ」

「わしも初めてだ。かれこれ五百年ほど生きているが、人間から成ったものがこれほど美しいとは思わなかったな」

席次四番、北総岳《ほくそうだけ》の八尺坊《はつしやくぼう》が東犀坊に同調すれば、今度は二番、聞越山《ききこしやま》の凜海坊《りんかいぼう》が身を乗りだした。

「たしかに剛籟坊どんが自慢するだけのことはある。キラキラしとるし、つむじも右巻きで、匂《にお》いもよか。おいどんも、愛らしか伴侶ば欲しゅうなるのう」

なまりの強い凜海坊は、九州からわざわざやってきてくれた大天狗である。短く刈った髪や大柄な身体《からだ》が熊っぽく、笑い方も豪快で、大天狗というより気さくな親戚のおじさん、といった感じだ。

「伴侶は小熊から探したほうがいいんじゃないか。凜海のおっさんを見たら、無垢な美童はみんな裸足で逃げだすわい」

「なんじゃと、失敬な！」

悪童よろしく混ぜっ返した棚鞍山《たなくらやま》の慈栄坊《じえいぼう》に、凜海坊が憤慨してみせると、大天狗たちはどっと笑った。

それをきっかけに、それぞれが話をし始めて、ようやく雪宥は全員の視線攻撃から解放された。無意識の身動ぎすらできない状態だったから、ほっと胸を撫で下ろす。

伸びをして固まっていた身体を解《ほぐ》したいところだが、ぐっと我慢だ。大きな動きをしたら、また注目を浴びてしまう。

雪宥は俯きがちに大天狗たちを盗み見て、名前と顔が一致していることを確認した。

席次一番は蓮生山の高徳坊。最年長の大天狗で、剛籟坊も彼には敬意を払っている。

雪宥が天狗館で暮らすようになってから、剛籟坊が蓮生山に招かれたことがあり、蒼赤にいろいろ聞いたこともあって、名前も知らないほかの大天狗よりは、勝手に親しみを感じていた。

　年齢が年齢なので、なんとなく白髪頭《しらが》で白い髭《ひげ》を生やしたおじいちゃんを想像していたが、実際の高徳坊は三十代半ばくらいにしか見えない、すらっとした細身の、あたかも蓮《はす》の花を人の形にしたような美しい大天狗で、一目見た瞬間に勝手な親しみは吹き飛んだ。あらゆる面でレベルが違いすぎる。

　二番は聞越山の凛海坊。八百歳代と高齢にもかかわらず、気取ったところがなく、つむじの巻き方向にこだわりがあるらしい。

　凛海坊と仲がいいのが七番の棚鞍山の慈栄坊。二百五十歳代と大天狗にしては若く、見た目も十五、六歳の少年のように幼く見える。凛海坊とのかけ合いを見ているとまるっきり、おじいちゃんと孫である。

　三番は月隠山《つごもりやま》の光輝坊《こうきぼう》。無口な大天狗で、祝いの言葉も短かった。剛籟坊いわく、人見知りで打ち解けるのに時間がかかるらしい。しようのないやつだ、と言わんばかりだったが、剛籟坊も他山に行けば、こんな感じではないかと思ったのは内緒である。

　四番は北総岳の八尺坊。その名のとおり、飛び抜けて背が高い。五番の牛臥山の東犀坊とは、悪友のようなふるまいをしている。

　東犀坊は首が太く、剛毛が肩あたりまでもっさりと生えているわりに、爽《さわ》やかな笑顔と白い歯が印象的だ。八尺坊ともに筋骨隆々としており、肉弾戦を繰り広げたらさぞかし暑苦しいことになるに違いない。

六番は白間山《しろまやま》の銀嶺坊《ぎんれいぼう》。長く伸ばした光り輝く銀色の髪が、絡まりもせずに畳の上で渦を巻いている。高徳坊とは違う美しさを持っており、大天狗だと知らなければ、雪の妖精かと勘違いしてしまうところだ。

末席八番は五国岳《ごこくだけ》の翠漣坊《すいれんぼう》。五国岳を引き継いだばかりの新しい大天狗だそうで、若さと未熟を気にして、小さくなっている。それでも伴侶に興味はあるのか、雪宥を熱心に見つめ、目が合うと雪宥よりもあたふたしているのがなんだかおかしかった。

大天狗たちは年齢も違えば、性格も違う。供の天狗をたくさん従えていても、伴侶を連れている大天狗は一人もいない。雪宥に興味津々な態度を見ると、伴侶を見聞きしたことのある天狗もいないようで、わかっていたことだけれど、再確認してがっかりした。

八つの山の天狗たちが集まっているのに、人間と異なる天狗の習性や、考え方の違い、天狗界で暮らすうえでの戸惑いを、雪宥と共有できる人は一人もいないのだから。

天狗に転成したことを天狗たちに認めてもらいながら、雪宥だけが自分を天狗だと思えないでいる。

無言でちんまり座っている雪宥の手を、剛籟坊がそっと握ってきた。

「疲れたか？　見られるのがいやなら、俺の後ろに隠れていろ。それとも、懐にしまいこんでやろうか？　そうすれば気にならないだろう」

「や、余計に気になるし恥ずかしいからいいよ。でも、ありがとう」

剛籟坊の心遣いは前向きに検討できないものだったが、場に慣れない雪宥を助けてくれようとしている気持ちは本物だ。

手を握り返して礼を言えば、剛籟坊は懐収納コースを選ばなかった雪宥に、少々残念そうな顔をしていた。

「仲睦《なかむつ》まじいこと。長のつき合いですが、剛籟坊がそのように気を使い、世話を焼くのを初めて見ました」

笑みを含んだ声で話しかけてきたのは、高徳坊である。

気高く近寄りがたい品位を持つ高徳坊に穏やかな眼差しを向けられ、雪宥はどぎまぎして目を泳がせた。

おそらくは平安時代から生きている大天狗さまと真正面から見つめ合うなんて、とても平常心ではいられない。容姿が神々しいので、妖怪を超え、もはや神の域に到達しているように思われる。

「雪宥はまだこちらに馴染《なじ》んでいない。天狗の性も身についておらぬゆえ、俺がそばにいて守ってやらねばならんのだ」

剛籟坊は握っていた手を離し、雪宥の腰に腕をまわして抱き寄せた。

五十センチほど距離があったのを一気に引き寄せられたので、正座をしていた雪宥は体勢を崩し、剛籟坊の胸にぶつかった。

慌てて離れようとしても、剛籟坊にがっちりと摑《つか》まれていて、胸元にもたれかかっているしかない。断ったのに、強制的に懐収納コースである。

雪宥は耳まで真っ赤になった。人前でこういう恥ずかしい行為はやめてほしいが、剛籟坊になんと言えばいいのかわからない。

「そういえば、先だっての宴《うたげ》の折、挨拶もそこそこに飛びだしていかれ、心配しておりましたが、今日の様子を見れば、大事に至らなかったようでなによりです」

剛籟坊の懐でもぞもぞもがいていた雪宥は、高徳坊の言葉にはっとなった。

先だっての宴とは、蓮生山で開かれた宴のことだ。剛籟坊も招かれて行ったが、彼が留守にしている間に雪宥は結界で守られた天狗館を脱走し、剛籟坊を敵視している天佑坊《てんゆうぼう》に見つかって襲われた。

はるか蓮生山で、結界を抜けたことで脱走を感知した剛籟坊は、供の天狗を置き去りにして一人、休みもせずに不動山に帰ってきてくれて、雪宥は危機を脱した。

どのような理由があれ、招かれた者が挨拶もそこそこに途中で退席して飛びだしていくのは、招いてくれた者に失礼である。上位の大天狗に対し、礼を失することを剛籟坊にさせたのは雪宥だった。

「あの、それは俺のせいなんです。せっかくお招きいただいたのに、申し訳ありません。俺が黙って勝手なことをしたので剛籟坊が……」

「よいのですよ、雪宥。そなたが気にすることはありません。転成中の伴侶から遠く離れるのは、誰しも心配なもの。わたくしのほうこそ、配慮が足りませんでした。そなたにも不安な思いをさせたでしょう。許してください」

「こ、高徳坊さま……！」

優しく思いやり溢れる言葉をかけてくれる高徳坊に、雪宥の胸は感動でつまった。当時の雪宥は不安どころか、剛籟坊の不在をこれ幸いと脱走し、天佑坊に襲われて震え上がったのも自業自得でしかないのだが、真実は言わぬが花であろう。

「あれはもうすんだことだ。いけ好かんやつの翼も折って土牢へ閉じこめてやったし、結果的にはよいほうへ転がった」

高徳坊に意識を奪われている雪宥を膝《ひざ》の上に抱えなおし、剛籟坊が話題を締めるようにそう言った。

「ちょっと剛籟坊……！」

さすがに雪宥は小さく抗議したが、剛籟坊は知らん顔で収まりのいいように雪宥の身体を勝手に動かしている。

剛籟坊を押しのけ、強引に膝から抜けだすのははばかられた。偉そうに口答えをしたり、生意気な態度を取ったりすれば、剛籟坊に恥を掻《か》かせることになると蒼赤に言われていたからである。

膝に抱っことはすっかり幼児扱いだが、仕方がない。大天狗たちからすれば、神通力も使えない雪宥など、本当に幼児のようなものかもしれない。

せめて、打掛の裾《すそ》が綺麗に広がるように整え、おそるおそる顔を上げれば、高徳坊は満面の笑みを浮かべていた。

「よくお似合いです。剛籟坊がどのような人間を娶ったのかとあれこれ想像をしておりましたが、本当に健気《けなげ》で素直な愛らしい伴侶だこと」

「今日は少し猫を被っている。いつもはもっと元気で跳ね返っているのだが……っ」

雪宥は高徳坊から見えないところで、剛籟坊の脇腹《わきばら》をぎゅっと抓《つね》って黙らせた。

せっかく高徳坊が肯定的に抱いてくれた、健気で素直で愛らしいイメージをわざわざ崩す必要はない。

剛籟坊の言葉の不自然な途切れに、高徳坊は気づかなかったようにつづけた。

「わたくしも長く生きておりますが、大天狗の伴侶のお披露目は久々です。前がいつだったか……何百年前のことだったか、思い出せぬほどに。おめでたいことです。雪宥、転成は始まりに過ぎません。末永く剛籟坊の助けとなるよう、励まれるがよいでしょう」

はい、と神妙に頷いた雪宥だったが、こみ上げる好奇心に勝てなかった。

「あの、高徳坊さま。ひとつお伺いしてもよろしいでしょうか」

「なんです」

「伴侶のお披露目は久々、ということは、高徳坊さまは何百年か前に、俺以外の伴侶にお会いになったことがあるんですね？　その方は今、どうしていらっしゃるのでしょう。伴侶はとても珍しいと聞きました。俺は剛籟坊の助けになりたいけど、どんなふうに励んだらいいのか、よくわからないんです。その方がどのように伴侶の務めを果たされているか、ご存じであれば教えてください。お願いします」

伴侶の前例は四百歳の剛籟坊ですら知らず、雪宥は伴侶としての務めを期待されながら、そのじつ、伴侶が果たすべき務めの内容をわかっていない。もし手本があるなら参考にしたかった。

「難しく考えることはありません。つねに剛籟坊のそばにあり、仲睦まじくしておればよいのですよ。そなたのすべきことは、剛籟坊が教え導いてくれるはずです」

「はい……」

なんとも抽象的な答えに、雪宥は肩透かしを食らった気分になった。

「そうがっかりするものではありません。では、若いそなたに昔のことを教えてあげましょう。八百年以上前の時代では、人と天狗はもっと近しい存在で、天狗が伴侶を娶ることも珍しくありませんでした。しかし、悲しいかな、すべての伴侶が天狗へと転成できるわけではないのです。天狗から注がれる神通力をうまく蓄えられず、転成できぬまま、年を取って死んでしまうことも多かった」

「え、そうだったんですか」

初耳である。人間はもれなく天狗に転成できると思っていた雪宥は驚き、高徳坊と剛籟坊の顔を交互に見つめた。

剛籟坊はなにも言わず、雪宥の髪に唇を落としている。転成できない可能性があると、知らなかったわけではなさそうだ。

「それに、天狗へと転成しても、妬《ねた》みや嫉《そね》みで伴侶を襲って泥舟にする悪い天狗がいたり、連れ合いの天狗が心変わりをして、伴侶に精を与えずに殺すこともありました。他者に犯されてはならぬ、精を切らしてはならぬ。伴侶が生き延びる条件はとても厳しい。ですが、逆に神通力を使いこなせるようになった伴侶が天狗を殺したこともあるのですよ。それも一例ではありません。飢えがなくなった伴侶は、意気揚々と山を去っていったそうです」

「……」

予想もしなかった殺伐とした話になってきて、雪宥は相槌《あいづち》も打てなかった。

伴侶は契った天狗の精がなければ飢えて死ぬが、代わりにその天狗を殺せる力を持つ。怪《け》我《が》をしてもすぐに治ってしまう不老不死の天狗も、伴侶から与えられた傷だけは治すことができないからだ。

そして、契った天狗が死ねば、伴侶との間に交わした精の縛りも消滅し、飢えることのなくなった伴侶は自由に生きていける。

雪宥も剛籟坊からその話は聞いていたが、ほとんど不可能だと思っており、本当に天狗を殺した伴侶がいたなんて考えもしなかった。

「油断していると伴侶に寝首を掻かれる。そんな話が広がるにつれ、次第に伴侶を娶る天狗は少なくなっていきました。己が神通力を注いで不老不死の天狗へと転成させた伴侶に命を奪われるのは、恐怖以外のなにものでもありませんからね」

「でも、殺すって……。そんなに天狗が憎かったんでしょうか。天狗と伴侶は普通、好き合って一緒になるんじゃないんですか」

雪宥と剛籟坊は、不動村《ふどうむら》の守護と、土岐《とき》家が咲かせるアマツユリとの契約があったから、始まりは無理やりだった。だが、そんなケースばかりではないだろう。

というよりも、相思相愛だから伴侶にするのだと思いたかった。

高徳坊は悲しげに眉《まゆ》を寄せた。

「伴侶は、生餌《いきえ》として山に連れてこられた子らのなかから、とくに味のいい者、容姿の優れている者が選ばれるのがつねでした。人間界に帰すのが惜しくなるのです。選ばれた者は従うほかありません。人の身で天狗に逆らうことなどできないのですから」

生餌と聞いて、雪宥はなんともいえない気分になった。

天狗たちは神通力を増大させるために、無垢な少年の精を好んで飲み、その少年たちを生餌と呼ぶ。生餌は天狗の糧《かて》として数日間精を貪《むさぼ》り取られ、人間界に帰されるという。

結界で分かたれ、時間の流れも違う人間界と天狗界は、人間が行き来すれば記憶が歪《ゆが》み、天狗界で過ごしたことを忘れてしまう。そして、天狗界で一日過ごせば、人間界では五十日が過ぎているのだ。

否応なく家族と引き離され、天狗の生餌となり、天狗と心通わせることなく伴侶にさせられた少年が、自分をあやかしに変えた天狗を殺さずにいられないほど憎むのは、当然かもしれない。

しかし、長年をともにするとわかっているのだから、天狗のほうも、もうちょっと伴侶の心を開く努力ができなかったのだろうか。最初は餌《えさ》に過ぎなくても、生餌は言葉も話せば、感情もある。孤独を慰め、理不尽を詫《わ》び、ともに生きてほしいと口説けば、心揺らぎ、天狗を愛するようになる少年もいただろうに。

雪宥の疑問をその表情から読み取ったのか、高徳坊が言った。

「そなたには酷に思えるでしょうが、天狗たちは無垢な少年の精を好んでいるのであって、少年そのものに愛情を抱くことはほとんどありません。異世界に住む天狗と、無垢な少年が出会って恋に落ち、契りを交わし、永久の約束をする。そうであれば、どれほど美しいことか。ですが、現実に天狗が気にするのは少年の心ではなく、精の質です」

「あくまで、食糧なんですね」

雪宥はぽつりと零《こぼ》した。

人間だったころの雪宥も、牛肉がものすごくおいしいからといって、牛と恋に落ちたりはしなかったし、卵を産んでくれるからといって、鶏と結婚したいとも思わなかった。

悲しいけれど、それが現実なのだ。力をつけた牛や鶏が、雪宥を憎んで復讐しに来たら震え上がるほど怖い。

「俺はお前を食糧だと思ったことは一度もないぞ。お前はとても美味《うま》いが、とても愛しい。こうして俺の懐にしまっておいて、どこにでも持ち歩きたい。俺だけの可愛い伴侶だ」

剛籟坊が俯いた雪宥のこめかみに、唇を押し当てた。すぐには離れず、頬や唇の横をたどり、耳の先を甘く食《は》む。

「……うん」

雪宥はしおらしく頷いた。高徳坊に見られていたが、羞恥《しゅうち》心は湧き起こらず、剛籟坊に愛してもらえた自分の僥倖《ぎょうこう》に感謝した。

精液などそっちのけで、雪宥を守り、穏やかに楽しく過ごせるよう心を砕き、ひたすらに愛してくれた剛籟坊だから、雪宥は笑顔でここに座っていられる。

「そのような経緯と、時代が進むにつれ、人とあやかしは共存を許されなくなり、天狗が人間の世界から姿を消したこともあって、伴侶を娶る天狗はいなくなったのです。このお披露目は天狗界にとっても、数百年ぶりの慶事なのですよ。剛籟坊によってそなたが華々しく転成したのを、この目で見られようとは」

高徳坊が嬉しげに微笑《ほほえ》んでいるので、雪宥も微笑み返したが、頭のなかではクエスチョンマークが飛んでいた。

先ほどの話を聞いたかぎりでは、どこらへんが慶事なのか、今ひとつわかりづらい。

昔は生餌出身の伴侶は食糧扱いで、天狗に転成させたら殺《や》るか殺られるかの殺伐とした関係になり、天狗を恐怖に陥れていたが、心を通い合わせ、互いに愛し合う新しいスタイルの伴侶が生まれておめでたいという意味だろうか。

剛籟坊を見上げても、愛しさと誇らしさの混じった瞳で見つめられるだけで、答えはわからない。

ふと気づけば、雪花の間はしんとしていて、誰もが高徳坊の話に聞き入っていたようだ。

大天狗たちの注目も、剛籟坊と膝に抱っこされている雪宥に集まっている。

「……っ」

小さく呻《うめ》き、視線から逃れるように剛籟坊の胸元に顔を擦り寄せると、大天狗たちがどよめいた。

興奮した声音で口々に、「甘えているのか」、「俺も膝に抱っこしたい、むしろ肩に乗せたい」、「こっちに来てくれんかのう」などと言い合っている。

絶対に行きたくなかった。剛籟坊の肩にだって乗ったこともないのに、初対面の大天狗に乗せられてはかなわない。

「大丈夫だ、雪宥。お前の居場所はここだ」

びくびくしていた雪宥は、剛籟坊に抱き締められて少し落ち着いた。

「そう怯《おび》えんでくれ、伴侶どの。俺は伴侶とは恐ろしいものだと思っていた。それに、伴侶として天狗に転成させたところで、所詮は生餌ではないかと侮っていたのだ。だが、剛籟坊どのと伴侶どのを見て、ようやくわかった。伴侶の力は素晴らしい。己が命と引き換えにしてもかまわないと思えるほどに」

白い歯を見せて、東犀坊が闊達《かったつ》と話した。

「そうじゃのう。剛籟坊どんの神通力の高まりは眩《まぶ》しいくらいじゃ。それがすべて伴侶どんの力なれば、感心するしかないのう」

凜海坊が丸太のように太い腕を胸の前で組み、うんうんと頷く。

「剛籟坊もそうだけどよ、雪宥がまた綺麗じゃねぇか。力の使い方を覚えるまでは、ずっとああなのか?」

「なにさまのつもりだ、八尺坊。俺の伴侶を気安く呼び捨てにするな」

むかついたらしい剛籟坊の刺々《とげとげ》しい注意が入ったが、八尺坊はどこ吹く風だった。

「雪宥って名なんだから、雪宥でいいじゃねぇか。っていうか、高徳坊どのが呼び捨てにしたときは無反応で、なんでわしにだけ文句を言う」

「高徳坊どのとお前を同列に語るほうがおかしい」

「むかつく野郎だな！　わしのほうが年上なんだぞ。お前こそ、八尺坊どのって呼べ」

「寝言は寝て言え」

剛籟坊が鼻で笑えば、東犀坊や凜海坊、無口で人見知りの光輝坊でさえ、一緒になって笑った。八尺坊を指差す勢いである。

八尺坊は悔しげにみんなを睨《にら》んでいたが、一触即発の危機感はなく、彼はこういう弄《いじ》られポジションの大天狗なのだなと雪宥は解釈した。

「チッ、みんなして笑いやがって。なぁ、あんた、雪宥って呼んでいいだろ？」

「え……、は、はい。かまいません」

矛先が変わり、直接了承を求められた雪宥は、剛籟坊を気にしつつ頷いた。一番年下だし、雪宥どのとか雪宥さん、などと大天狗に呼ばれるのは、さすがに座りが悪い。

「ほれみろ。伴侶を大事にしたいのはわかるが、嫉妬《しっと》深い天狗は嫌われちまうぞ」

「雪宥は俺を嫌わない」

断言しながらも、チラッと雪宥に視線を向けてくる剛籟坊が可愛くて、雪宥は思わず笑ってしまった。

どんな剛籟坊でも好きだ、という気持ちをこめて——さすがに観客の前で大声で宣言する勇気はなかった——左手を持ち上げ、剛籟坊の頬を撫でると、大天狗たちはまたしてもどよめいた。

慌てて離した左手をどこに置くべきか迷い、髪を弄ったり、打掛の裾を整えたりしていると、大天狗たちの視線がそれを追っている。

たんに左手だけを見ているのではないと気づいたものの、注目に値するなにかが自分の手にあると、雪宥には思えなかった。

「もしや、剛籟坊はあなたに説明していないのですか?」

手のひらを見つめて首を傾《かし》げる雪宥に、控えめに声をかけてきたのは銀嶺坊だった。

大勢の天狗たちのなかにあっても銀髪は珍しい。無骨で大柄な八尺坊の後ろにいるせいか、幻想的な美しさが際立っている。

超然としていて、普通に話しづらいのは高徳坊も同じだけれど、高徳坊が柔和な雰囲気を醸しだしているのに比べ、銀嶺坊は近寄りがたく感じるところがあった。

「な、なにを、でしょうか」

雪宥は銀嶺坊の美貌《びぼう》に怯《ひる》み、喘《あえ》ぐように応じた。

「あなたの神通力のことです」

「俺の神通力? いえ、なにも……」

首を振りながら剛籟坊を見上げると、剛籟坊はあっさりと告げた。

「成ったときに言っただろう。人間の気が消え、俺の気と混じり合い、輝いていると」

それは言われた。たしかに、記憶にある。

「……それって、俺にはわからないし見えないんだけど、ほかの人には見えてるの？」

「見えるに決まっている。肉体を転変させられたばかりの伴侶は、神通力の塊のようなものだ。全身が光り輝いていて、目を奪われずにはいられない。お前はまだ溜《た》めこんだ神通力を己にとどめておけないから、髪が揺れれば髪の先から、手を振れば指の先から零れ、金粉のように舞い踊っている。皆が目で追うのは、そのせいだ」

「えっ、せっかくの神通力が流れでちゃってるってこと？　もったいなくない？」

「美しいだけで、惜しくはない。失ったぶんは、あとで俺がたっぷり注いでやるからな」

「……！」

額に口づけられて、雪宥は沈黙した。

本当に光って見えていることも、垂れ流しの神通力が舞い飛んでいることも、まったく知らなかった。言葉の足りない天狗だと重々承知しているが、そういう事情は事前に言葉を尽くして教えておいてもらいたい。

いや、神通力がどんなふうに見えるのか、確認しておかなかった雪宥が悪かったのだろうか。よくよく考えれば、烏天狗の蒼赤だって、雪宥を得てからの剛籟坊の神通力は日に日に強くなっていくと言っていた。

それは、たとえば格闘家が対戦相手の強さを肌で感じるような、あくまでも感覚的なもので、視覚的にそれほどはっきり見えているとは思わなかったのだ。

「やはり、知らなかったのですね。剛籟坊、あなたは昔から言葉数が少なくて、誤解を招いてしまうのですよ。伴侶どのは馴染みのない天狗界で不安なのですから、もっと心を砕いてさしあげないと」

「……わかっている」

年上の八尺坊には侮った態度を取ったのに、銀嶺坊の諫《いさ》めには素直に頷く剛籟坊を、雪宥は不思議な思いで見つめた。

銀嶺坊は剛籟坊より、五十歳ほど年下である。一山の主となったのも剛籟坊より遅かった、と蒼赤製作の虎の巻に書いてあった。

銀嶺坊に視線を向けると、目が合い、優しげに微笑まれた。

「私と剛籟坊は昔馴染みなのです。剛籟坊が不動山の主になる前から、ともに修行をしたものです。彼は無茶ばかりするので、気が気ではありませんでした。可愛らしい伴侶どのを迎えて、少しは落ち着かれるとよいのですが」

剛籟坊のことなら、雪宥よりも理解していると言わんばかりの台詞《せりふ》は、雪宥の胸にもやっとしたものを生じさせた。

「俺はいつも落ち着いている。慌てるのは、雪宥がなにかやらかしたときだけだ」

「……っ、剛籟坊！　やらかすなんて、人聞きの悪いこと言わないでよ」

「だが、俺の言いつけを破って、とんでもないことをしでかすときが……」

「言わないでってば！」

雪宥は鋭く叫び、剛籟坊の口を両手でふさいだ。

自分の悪い部分を銀嶺坊の前で暴露されるのはいやだった。考えが足りず、馬鹿なふるまいをして剛籟坊に迷惑をかけたことがあるのは事実だ。

それでも、雪宥が知らない剛籟坊の過去を知っている古い友人たちに、剛籟坊にふさわしくない伴侶だと思われたくない。

剛籟坊はただ真実を口にしているだけで、雪宥を貶《おとし》めようという意思などあるはずがないとわかっていても。

しかし、自分の行動で場が静まって気まずい空気が流れているのを悟ると、雪宥はたちまち困った。とにかく黙らせようと口をふさいだものの、どのタイミングで離せばいいのかわからない。

動けない雪宥を助けてくれたのは、剛籟坊だった。

剛籟坊は雪宥の手首を摑んで口から外させ、指の一本一本に口づけ始めた。雪宥がおとなしくしていたのは、突飛な行動に反応できなかったからである。

「無事であることが前提だが、お前に振りまわされるのはなかなか楽しいぞ。俺はいつもお前のことを考えているし、お前になにかをしてやりたいと思っている。それでお前が喜べば嬉しい。もっと俺を振りまわすといい。お前のために踊ってやる」

雪宥は言葉もなく、剛籟坊を見つめた。リップサービスなどではない、彼が言うことはいつだって本気で真剣だ。

あまりの男らしさに胸がきゅんとなり、身悶《みもだ》えしそうだった。剛籟坊に抱きつき、息が止まるほどに口づけたい。

銀嶺坊から感じたもやっとしたものが、一気に吹き飛んでいた。雪宥は剛籟坊の友人関係や修行していたときの姿を知らない。

知っているのは、四百年もある剛籟坊の歴史のなかで、最新のほんの一部分だけだ。悔しくても寂しくても、そのように生まれついてしまったものは仕方がない。過去の話は聞くことができても、経験を共有することはできない。

しかし、どんなふうに四百年を過ごしてこようと、誰とどんなふうに関《かか》わっていようと、剛籟坊が永遠の伴侶に選んだのは雪宥なのだ。

愛しさに目が潤み、頬が紅潮しているのが自分でもわかる。なにかを言いたいのに、なにを言えばいいのかわからず、薄く開いては閉じる雪宥の唇を、剛籟坊が見つめていた。

整った顔が近づいてくる。

ああ、みんなの前でキスされてしまう、恥ずかしい、と思いつつ瞼《まぶた》を下ろしたとき、どこからか笛と太鼓の音が聞こえてきて、雪宥はパチッと目を開けた。

2

楽の音とともに、雪花の間の襖《ふすま》がするすると開き、その向こうで平伏していたのは蒼赤をはじめとする不動山の烏天狗たちだった。

黒い烏頭を見た瞬間、剛籟坊への愛しさで浮かれていた雪宥の頭は冷え、彼らがやってきた理由を思い出した。

大天狗たちに失礼のないように、祝宴には段取りがつけられている。先ほどまでは、伴侶のお披露目で、雪宥の姿を存分に見てもらい、大天狗たちから言祝ぎをいただく時間だった。

今からは、「お食い初めと三三九度を足して割った」時間である。

人間界でいう食い初めとは、赤ん坊に初めて飯を食べさせる儀式、三三九度は結婚式で欠かせない献杯の礼で、雪宥も同じようなことをさせられる。

つまり、剛籟坊の精液以外のものを、口にしなければならないのだ。転成中は、精液以外のものを体内に取りこむと、のたうちまわるほど苦しむが、完全に天狗になってしまえば、酒や木の実、花など天狗が好むものが食べられるようになる。

キスが未遂に終わった雪宥は剛籟坊の膝から下りて隣になおり、落ち着かなげに手のひらで顔を擦《こす》ったり、髪を撫でつけたりした。

その前で、烏天狗たちがせっせと働き、膳《ぜん》を調えている。

やがて、大ぶりで珍しいガラスの銚子《ちょうし》が運ばれ、膳に並べられた。

「……綺麗」

雪宥は思わず、小声で漏らした。

ガラスが透明なので中身が見えており、底に沈んだ赤と白の二輪の花が、まるで酒の海を泳ぐように揺らめいている。花びらは透きとおっていて、とても美しい。

「不動山に咲く千重の牡丹《ぼたん》で作った酒だ。人間だったときも飲んだことがないと言っていたから、甘くして飲みやすいようにしてある」

「俺のために、作ってくれたの？」

剛籟坊はさも当然と言わんばかりに頷いた。

「お前が初めて口にするものだからな。俺が花を摘《つ》んで、酒に浸けた」

「剛籟坊の手作り？　すごい！　嬉しい。ありがとう」

「礼は飲んでからだ」

大天狗たち、供の天狗たちの膳も調い、給仕をした烏天狗たちが広間の隅に集まってかしこまった。

雪宥の記念すべき、一度きりの儀式を見逃さないためだろう。

剛籟坊に促され、雪宥は震えそうになる手で、牡丹の花を模《かたど》ったガラスの杯を取った。

自ら銚子を持った剛籟坊が、三度に分けて杯を満たしてくれる。それを、雪宥は三度に分けて飲む。同じ杯に、今度は雪宥が三度に分けて酒を注《つ》ぎ、剛籟坊が三度に分けて飲む。

すでに、天狗と伴侶は固い縁で結ばれているからか、本来の三三九度のように、杯を三つも使わない。そっくりそのままではないが、天狗たちが人間の風習を真似《まね》ているのは興味深かった。

酒に混じって、仄《ほの》かな花の香りが鼻腔《びこう》をくすぐった。

剛籟坊が作ってくれたのは嬉しいけれど、正直なところ、あまりおいしそうには見えなかった。転成中に水を飲んで失敗しているので、剛籟坊の精液以外のものを飲むのには勇気がいる。

かつて、あれほど精液を飲むのをいやがり、泣き叫んで剛籟坊に反発していた自分が、今や精液以外のものを飲むのをいやがるなんて、変われば変わるものだ。

剛籟坊を見上げると、安心させるように頷いてくれた。彼はきっと、雪宥の不安をわかってくれている。

男は度胸だ。雪宥は気合を入れ、杯を唇に当てた。一口、二口と飲むふりをし、三口目で飲み干す。

勢いづいて、味わう前に嚥下《えんか》してしまったが、あと味はすっきりしている。少しの間、身構えて待っていたものの、喉《のど》の渇きも、のたうちまわる苦しみも訪れはしなかった。

雪宥は微笑み、杯を剛籟坊に渡した。

両手で重い銚子の柄を持ち、零さないように慎重に傾けて杯を満たす。同じ手順で剛籟坊が酒を飲み干せば、天狗たちから拍手喝采された。

「末永く、添われますように。不動山に棲まうものたちに幸多かれとお祈り申し上げる」

高徳坊が締めてくれたあとは、大宴会の始まりである。

酒や御馳走《ごちそう》がふるまわれ、最初こそ和やかに進行していくも、次第にあちらこちらへと席を移動してのどんちゃん騒ぎになっていくのは、天狗も人間もたいして変わらない。

剛籟坊と雪宥は高砂席に座ったままだったが、大天狗たちが寄ってきて、次々に酒を注いでくれた。

高徳坊までもが身軽に腰を上げて気安く接してくれたときには、恐れ多くて杯を持つ手がぶるぶる震えた。注がれた酒の味も、よく覚えていない。

凜海坊と慈栄坊に酌をしてもらい、礼を言っては飲み干していたが、飲み慣れていない雪宥は早くも頭がクラクラしてきた。

酒もいろんな種類が用意されていたらしく、どれも違う味がして、久しぶりに異物を受け入れた胃がでんぐり返っているように感じる。

酒以外のものを胃に入れるべきかと思ったものの、膳に並んでいるのは、生の栗やどんぐり、花、天狗の麦飯とかいう一センチほどの茶色い塊である。

天狗の好物で御馳走だと言われても、どれもこれもおいしく食べられるとは思えない。雪宥の許容範囲は、茹《ゆ》でるか焼くかした栗までだ。

光輝坊の杯を受けて飲みきったところで、雪宥は大きく息を吐いた。顔が熱いので、きっと赤くなっているだろう。

少し休みたいけれど、大天狗の酒を断ることなどできようか。

座っていてさえ見上げるほどに大きな八尺坊と、筋肉の塊のような東犀坊が二人揃《そろ》ってやってくる。

「さぁ、雪宥。ぐいっといきな」

八尺坊がなみなみと注いでくれた酒を、雪宥がうんざりしたところを表情に出さないように気をつけて見つめていると、横から手がにゅっと伸びてきた。

剛籟坊は雪宥の杯を取り上げ、なに食わぬ顔で飲み干し、空にして返した。

「おい！　わしが雪宥に注いだ酒を、なんでお前が飲むんだ。そんなに飲みたきゃあとで山ほど注いでやるから、おとなしく待ってろよ」

「お前たちこそ気を使え。俺の伴侶は今日初めて酒を飲んだのだ。慣れるまで無茶はさせられん」

はっきりした態度で庇《かば》ってくれる剛籟坊を、雪宥は潤んだ瞳《ひとみ》で見つめた。今日は何度惚《ほ》れなおしたかわからない。

「なるほど！　では、今から伴侶どのへの杯は、すべて剛籟坊どのが代わりに受けるということだな！」

清々《すがすが》しく心地よささえ感じさせる口調で東犀坊が言ったが、言っている内容はなんとなく腹黒さを感じさせる。

「そういうことか。なら、仕方ねぇな。お前のぶんはお前のぶんで注いでやるから、ちゃんと飲めよ」

ニヤリと八尺坊が笑う。東犀坊と二人して、剛籟坊を酔いつぶそうと考えているのかもしれない。

剛籟坊が酒に強いのか弱いのか、酔えばどんなふうになるのか、雪宥は知らない。これまで剛籟坊は雪宥につき合って、雪宥の精液以外のものを口にしなかったからだ。

雪宥のぶんまで飲まされ、べろんべろんになった剛籟坊なんて想像できないが、もしそうなったときに八尺坊たちに笑われたりしたら、雪宥が耐えられない。それくらいなら、自分で飲んだほうがましだ。

「剛籟坊、俺が……」

そう言いかけたとき、剛籟坊が人差し指の背を雪宥の唇に当てて黙らせた。

「俺とお前、二人の祝いだからな。お前のものを俺が飲んでもかまわないだろう。お前には酔わないものを用意させる。蒼赤」

「はっ、かしこまりましてございます」

近くに控えていた蒼赤が返事をして、下がっていった。

「じゃあ、飲んでもらおうかね、剛籟坊」

剛籟坊の前の膳を押しのけ、八尺坊と東犀坊は対面に座って酔いつぶす気満々である。

空けばすぐに満たされる杯を、剛籟坊は表情も変えずに飲み干していく。相当な量を飲んでも顔も赤くならないし、酔っているような素ぶりもない。

「大丈夫なの、剛籟坊」

心配になって雪宥が訊けば、剛籟坊は酒で濡《ぬ》れた口元をぐいっと手の甲で拭《ぬぐ》い、男くさい笑みを見せた。

「祝いの酒はいくら飲んでも美味いものだ」

「……っ」

剛籟坊が恰好よすぎて、雪宥は気を失いそうになった。べつの意味で頭がクラクラする。

「頼もしいな、剛籟坊どの！　ではもっともっといってもらおう！　伴侶どのに酔っぱらった姿を初披露というのもめでたかろう。俺たちも見たことないから、本邦初公開というこうではないか！」

東犀坊の歯並びのいい白い歯が、なんだか忌々しい。彼らは剛籟坊を酔いつぶしたいというより、伴侶の前で恥を掻かせてやりたいようだ。

数百年も生きてきたくせに、先に幸せを摑んだ友達を苛《いじ》める悪ガキと変わらない。剛籟坊にときめき、呑気《のんき》に見惚れている場合ではなかった。

雪宥は茶のような飲み物を持ってきてくれた蒼赤に、新しい杯を用意させ、八尺坊と東犀坊に渡した。

「気が利かなくてすみません。八尺坊さま、東犀坊さま、お二人もどうか飲んでください」

飲まされる一方の剛籟坊の助太刀《すけだち》のつもりだったのに、真っ先に反対したのは誰あろう、剛籟坊であった。

「よせ、雪宥。お前が酌をするのは俺だけでいい。もったいないだろう。それから、八尺坊と東犀坊にさま、などと敬称をつけるのはやめてくれ。癪《しゃく》に障って仕方がない」

剛籟坊はいついかなるときも、嫉妬深さに揺らぎがない。えー、と雪宥は内心思ったが、それが顔にも出ていたらしい。

「伴侶も呆《あき》れてるぜ、剛籟坊。もうちっと、心を広く持ったらどうよ?」

「俺、伴侶どのになら、東犀坊さまって呼ばれたい。ついでに小首を傾げてくれたら、可愛くてデレデレしてしまうな!」

やれやれと言わんばかりに肩を竦《すく》める八尺坊と、頬を赤らめて鼻の下を伸ばし始めた東犀坊に、剛籟坊が形のいい眉をキリリと上げた。

痛烈な仕返しの言葉が放たれようとしたとき、笑い声が響いた。

高徳坊である。彼の笑い声は、少し距離があるのにまるで耳元で鳴らされた鈴のように鮮明に聞こえるのだ。

「ほっほっほ。伴侶を娶った大天狗たるもの、そうでなくては。妬ましいからといって、皆さまもそう絡まれますな。負け犬の遠吠えは醜いもの。今日は小さくて愛らしい人の子が、我らの仲間になったおめでたい日なのですよ。見苦しい真似はおよしなさい」

秀麗なかんばせに笑みを絶やさずしゃべっているが、内容は相当きつい。

八尺坊と東犀坊は一瞬黙り、二人で顔を見合わせ、剛籟坊と雪宥に愛想笑いを向けると、また後ほど、などと言いながら席に戻っていった。

雪宥はほっとし、高徳坊に向かって頭を下げた。

勢いを削ぐ絶妙な間の取り方に、気を一変させる笑い声。痛烈な叱責と、神々しい微笑みが同時に存在している不思議。

高徳坊さまってすごい、と雪宥は深く実感した。最年長というだけで、皆から敬われているのではない。きっと、いろんな意味で最強なのだ。

「剛籟坊、本当に大丈夫？　飲みすぎてつらくない？」

「平気だ。俺は酒にはあまり酔わない。お前には毎日酔わされているが」

心配しているのに、返ってくるのはこんな言葉ばかりで、雪宥は頬を染めて照れ笑いを浮かべるしかなかった。

しばらくすると、銀嶺坊と翠漣坊がやってきて、祝いの言葉を述べてから剛籟坊に酒を注いだ。雪宥のぶんも飲ませるのかと思いきや、銚子を置いて、蒼赤が雪宥のために持ってきた飲み物を注ごうとしてくれている。

雪宥は慌てて器を取り、ありがたくいただいた。酔いざましの効果でもあるのか、薬草っぽいものを煎じたような、すっきりした味わいの茶である。

「遠目でも可愛いけれど、近くで見ると本当に可愛らしい伴侶どのですね。全身が剛籟坊の色に染まって、キラキラしています。なんと美しいことでしょう」

「あ、ありがとうございます」

美の化身みたいな銀嶺坊に容姿について褒められると、からかわれているような気になるし、キラキラしているのは雪宥が未熟で神通力を垂れ流しているせいだ。

だが、雪宥は礼を言った。それほどでもないです、と謙遜《けんそん》するのは、煌めきをまとわせてくれた剛籟坊をも卑下することになる。

「剛籟坊どのは伴侶どのとどのようにして出会ったのですか。五国岳は不動山から遠く、私は皆より若いので、馴れ初めを詳しく知らないのです」

チラッ、チラッと雪宥を横目で見ながら、翠漣坊が訊いた。正面から凝視して、剛籟坊の勘気をこうむるのが怖いのかもしれない。

外見は慈栄坊より二、三歳年上に見えるが、実年齢は七十歳ほど若い百八十歳代だ。

「出会うべくして出会ったのだ」

詳しく知りたいと言っているのだろうに、剛籟坊は堂々と簡潔に答えている。

剛籟坊の受け答えはちょっとずれていて、会話にならないと思うときが雪宥にもしばしばあるのだが、大天狗たちもそう思っているに違いない。

呆気なく会話が終了し、沈黙がつづく。フォローのない気まずさに耐えきれなくなったのは雪宥である。

「えっとですね、その……俺が説明してもいい?」

勝手にしゃべるな、とかいう無用な嫉妬を避けるためにお伺いを立てれば、剛籟坊は首を横に振った。

「必要ない」

取りつく島もないとはこのことである。

「す、すみません……」

小さくなって謝ると、翠漣坊はさほど気にした様子もなく言った。

「いえいえ、お気になさらず。馴れ初めとはべつに、これだけはどうしても伴侶どのにお訊きしたいことがあるのですが」

「なんでしょう」

「剛籟坊どのがいないと生きていけないとは、どんな気持ちですか?」

「……」

それは無防備な懐に投げこまれた、あまりにも鋭い球だった。

一人では生きることさえできない弱々しい存在を侮っているのかと思いきや、正座して答えを待っている翠漣坊に、そんな様子は見られなかった。

純粋に、疑問に思っているのだろう。彼らは配下の天狗たちをまとめ、山を守護する大天狗なのだ。神通力で不可能を可能にする、人知を超えたあやかしたち。

なにもできない無力な存在を、侮り嘲笑《あざわら》って楽しむようなレベルにすらない。

剛籟坊も雪宥の返事に興味があるのか、黙って雪宥を見ている。

雪宥は莞爾《かんじ》として笑った。

「なんとも思いません。俺は伴侶という剛籟坊の一部になったので、剛籟坊がいないと生きていけないのは当たり前のことなんです。剛籟坊の伴侶以外の生き方を、俺は望みません。俺はまだ神通力も使えない未熟な伴侶だけど、剛籟坊は優しくて、いつも俺を愛してくれるので、とても幸せです。この幸せは言葉では表せません。剛籟坊がそれをわかってくれているといいんだけど」

どうしようもなくこみ上げてきた愛しさに瞳を潤ませて、雪宥は剛籟坊を見上げた。剛籟坊がいないと生きていけないのではなく、剛籟坊がいるから生きていけるのだ。

「わかっている」

剛籟坊は雪宥の頬を手のひらで包みこみ、短い返事以上の気持ちを雪宥に伝えてくれる。

すでにギャラリーを忘れ、感極まっていた二人の間に、ズズッと洟《はな》を啜《すす》る音が割って入った。

はっとなって振り向けば、いつの間にか凜海坊と慈栄坊が座っている。二人は目頭を押さえ、赤くなっている鼻を擦った。

「伴侶どんはなんと健気なんじゃ。感動して泣いてしもうた。おいどんも伴侶ば、欲しか。今すぐ欲しか。ちょっくら人間界から攫《さら》ってくるとよ!」

「いやいや、ちょっと待て、おっさん! 早まるなよ! 誰でも攫えばいいってもんじゃないって」

「そうですよ、凜海坊どの。剛籟坊と雪宥どのだからこそ、このように深い絆《きずな》が生まれたのです。手当たり次第に攫ってきた少年と、どうやって心通わせるのです?」

慈栄坊と銀嶺坊になだめられた凜海坊は、拗《す》ねた子どものように言った。

「誰でも手当たり次第には攫わんよ。ちゃんとつむじが右に巻いた子を選ぶんじゃ」

「おっさんのこだわりが、俺にはわからないよ」

「私にもわかりませんが、つむじの巻きなど関係ないのは明らかです。その妙なこだわり、大酒飲みで亭主関白なあなたの性格では、誰が相手でも恨まれ憎まれ嫌われ、いずれ寝首を掻かれて取り返しのつかないことになるに決まっています」

銀嶺坊の容赦ない脅しに、凜海坊はどうにか人間を攫いに行くのを諦《あきら》めてくれた。

「そうか……。伴侶に寝首を掻かれるなんぞ、考えただけで泣けてくるわい。まぁ、よか。それはそうと、さっき高徳坊どんにお聞きしたんじゃが、伴侶の一番の務めはややこを産むことだそうじゃの。雪宥どんはいつ産む？　何人産む？」

「……ぶっ」

雪宥は飲んでいた茶を噴きだした。天狗たちは変化球というものが投げられないのか、鋭い直球ばかりが飛んでくる。

伴侶の務めと言われても、雪宥はそれを自分の身に当てはめて考えてみることが、まだできていない。

剛籟坊の子どもが欲しいと思うときはある。剛籟坊に似ていれば、きっとものすごく可愛いし、慈しんで育てるだろう。

だが、自分が身籠《みごも》って出産するところが、想像できなかった。それらはすべて神通力でなされるらしいが、妊婦のように腹が膨《ふく》れるのか、何ヶ月かかるのか、どうやって取りだすのか、謎《なぞ》は多い。

剛籟坊に訊いて、実践が近いと勘違いされたら困るので訊けないでいる。

「気が早いぞ。さっき雪宥も言っていただろう。転成したばかりで、神通力も使いこなせないと。しばらくは無理だ」

「え、そうなの？」

雪宥は驚いて、剛籟坊を見た。

転成し、心の準備が整えば、すぐにでも産ませたそうな雰囲気だったのに、しばらく無理とはどういうことだろう。

「そうだ。大天狗のややこには、産まれたときから高い神通力が備わっている。俺が作るものだからな。高徳坊どのが覚えているところでは、取りだした途端に宙に浮かび、外に飛んでいったきり三年戻ってこなかったややこがいたり、大声で泣きすぎて館を壊したややこがいたりしたそうだ。生まれたばかりでなにも学んでおらぬゆえに、神通力の加減ができんらしい」

「三年……」

その三年間、ややこはいったい、どこにいて誰に育ててもらったのだろう。恐ろしい話に、雪宥は手に汗を握り、ごくりと喉を鳴らした。

「飛んでいったきり戻ってこないくらいならかまわんが、もしややこが遊びのつもりで手加減せず、母であるお前にじゃれかかったら、お前は怪我をしてしまう」

「かまうよ！　なに言ってんの、剛籟坊！　ややこが飛んでいくのを黙って見てるつもりなのか？　引き止めるか、すぐに連れ戻すかしてくれないと、俺が許さないからな！」

絶対に聞き逃せない発言に雪宥が嚙《か》みつくと、剛籟坊は笑った。

「わかった。逃げても俺がちゃんと探して連れ戻す。そんなわけだから、せめて身を守るすべくらい習得しておかないと、危なくてややこは産ませられんのだ」

「そうだったんだ」

「そうじゃったか」

雪宥と凜海坊の返事が重なった。

伴侶なのに初耳というのは恥ずかしかったが、剛籟坊はわざと黙っていたのではなく、雪宥が訊かないから言わなかったのだろう。

ややこ出産問題に、またひとつ障害ができてしまった。自分が産んだ子どもがすでに神通力の使える天狗で、剛籟坊譲りの強大な力を持っているだなんて。

力加減ができず、親を傷つける可能性もあると知って、雪宥は正直怖くなった。

火の玉を飛ばし、豪雨を降らせ、地面を揺らす神通力はすさまじい。ほんの悪戯《いたずら》心でそれが雪宥に向けられたら、大怪我をするだけではすまないかもしれない。

不老不死の天狗といえど、首と胴体が切り離されれば死に至るし、損傷した肉体は治癒するが、失った部分は再生しない。もし腕を失っても、再び生えてはこないのだ。

周到に準備をして、相当な覚悟で産み、産んでからも苦労がつづく。自分に耐えられるだろうか。

「剛籟坊どのの匂いがする」

考えこんでいる間に、隣に座っていた翠漣坊がくんと鼻を鳴らして雪宥の匂いを嗅《か》いできて、雪宥は思わず剛籟坊のほうへにじり寄った。

慈栄坊も翠漣坊を真似て、鼻をくんくんさせている。大天狗のなかでは小柄な二人なので、まるで仔犬《こいぬ》が二匹いるようだ。

「うん、剛籟坊どのよりもっと甘い、花の香りだ。剛籟坊どのの子種を糧に生きてるから、匂いも移るのか。でも、雪宥どののほうが匂いが濃いのはなんでだろう」

これまたディープな話題である。

十代半ばの少年のような姿の慈栄坊から、子種を糧に、なんて言葉が出てくるとぎょっとしてしまう。外見が幼いだけで、二百五十年以上生きているとわかってはいるのだが。

剛籟坊は雪宥を引き寄せ、食い初めと三三九度の儀式の前にしていたように、膝の上に乗せた。鼻を寄せられ、これ以上匂いを嗅がれるのもいやなので、雪宥もおとなしく乗り上がり、剛籟坊の胸にぴたりと寄り添う。

慈栄坊と翠漣坊は、俺の伴侶に近づくな、匂いを嗅ぐなという剛籟坊の無言のオーラに負けて、すごすご身を引いた。

「雪宥にはアマツユリという、特別な神力を宿す花を育てる一族の血が流れている。千年つづく血筋だ。不動山の大天狗は代々アマツユリを食らい、神通力を高めているが、わけあってアマツユリは枯れ、雪宥はアマツユリの代替となった。だから花の匂いがする」

「へぇ、雪宥どのは花の精みたいなもので、剛籟坊どのはそれを吸ってるから同じ匂いがするんだね。その打掛の模様がアマツユリ？　ここの天狗館には至るところに、この花をあしらったものがあるけど」

剛籟坊の説明を受け、慈栄坊は雪宥の赤い打掛を眺めた。

「そうだ。アマツユリがなければ、俺と雪宥は出会わなかったかもしれん」

「綺麗な花だね。凜としてるのに、どこか官能的でおいしそう」

「ああ。雪宥は美味い」

「……っ」

雪宥はなにも口に入れていないのに、噎《む》せそうになった。アマツユリの話をしていたのに、なぜ雪宥が美味いという結論に至るのだ。

「伴侶ってやっぱり美味いんだ。神水みたい感じか？」

「神水以上だ。飲めばたちまちに力が漲《みなぎ》る」

「わぁっ、剛籟坊ー！」

大声をあげて、雪宥は剛籟坊を止めた。

真面目《まじめ》な顔をして、なにを言いだすのだこの天狗は。美味いのは雪宥の精液で、力を漲らせてくれるのも雪宥の精液ではないか。

それを飲むということは、つまり、放出する行為をしていると言っているも同然だ。

「いけんした、伴侶どんは。褒められて照れとるのか？」

「ち、違います……」

凜海坊のすっとぼけた疑問に、がっくりと頭が垂れた。

照れるというより、とにかく恥ずかしい。剛籟坊と精液を交換するのは、生きていくための行為ではあるけれど、雪宥にしてみれば好きな相手とのセックスである。

こんな大勢の前であけすけに語る話題ではない。

けれども、大天狗たちは雪宥のそんな、人間的な羞恥には気づかなかった。雪宥にとっての性行為は、彼らの食事だった。

「伴侶どのは剛籟坊どのの子種を飲んでるんだよな。どんな味がする？　美味いのか？」

誰か慈栄坊の口をふさいでくれ！　と雪宥は心のなかで絶叫したが、自分を見つめる大天狗たちの視線にたじろいだ。

いつの間にか、高徳坊、光輝坊、八尺坊、東犀坊もやってきて、みんなで円陣を組む形になっており、さらに、それぞれ手酌でしゃべりながら酒をぐいぐい飲んでいたのに、それも止まっている。

雪宥がどう答えるか、気になるのだろう。みんな目が真剣だ。

「教えてもらえませんか。高徳坊さまを除いて、私たちは伴侶という存在を知らないのです。伴侶は天狗をどう思い、感じているのか、知りたくてたまらないのですよ」

翠漣坊の丁寧な物言いは、羞恥による激しい動揺をほんの少し鎮めてくれた。

剛籟坊を見上げれば、雪宥を止めるどころか、答えを聞きたそうな顔をしている。

ほかの天狗たちに酌をすることさえ許さなかったくせに、なぜ、こんな話が許されるのか、雪宥には剛籟坊の基準がわからなかった。

答えたくないと言えば、剛籟坊は庇ってくれるだろうが、全員の期待に満ち満ちたこの空気を裏切る勇気がない。

なんという羞恥プレイ。天狗に転成して、こんな目に遭《あ》うなんて想像もしなかった。

「あ、あ……あま、くて、おいしい、です」

雪宥は小声で途切れ途切れに答え、言い終えた瞬間、この魔の円陣から飛びだし、誰もいないところで床に転がってのたうちまわりたくなった。

しかし、そんなことができるわけもなく、せめて顔を見られまいと、剛籟坊の胸元に片頬を押しつけてしがみついた。

「そげんにくっつかんでも、誰も剛籟坊どんから引き離したりはせんわい。剛籟坊どんが大好きなんじゃのう」

あたかも親戚のおじさんが、父親から離れない小さな子どもを少々呆れ気味に見守っているような言い種《ぐさ》である。

べつに、雪宥は剛籟坊にくっつきたくてくっついているわけではないのに。

「もうひとつ訊きたいんだけど、どのくらいの間隔で飲ませてもらってる？」

雪宥の試練はまだまだつづくようだった。

「……み、三日置きです。三日なら飢えずに耐えられますから」

「いや、毎日飲ませているぞ。俺が飲ませたいし、雪宥も喜んでいる。耐えられるからといって、三日も我慢する必要がどこにある？」

「剛籟坊……！」

雪宥は剛籟坊の分厚い胸板に、頭突きを食らわせた。

せっかく控えめに答えているのに、どうして訂正してしまうのだ。これでは毎日仲睦まじくセックスしていますと言っているも同然だ。

「なるほど。じゃあ、口から飲むのと、つながれてなかに注がれるの、どっちが好き？」

いっそのこと失神してしまいたかったが、意外と神経が太かったのか、意識が遠のく気配はなく、雪宥は息も絶え絶えに答えた。

「なかに……出してもらうのが、好きです……」

酔っぱらいたちが理性を失い、卑猥《ひわい》な話題で盛り上がっているのではない。たんに、毎日食べる食事のこと、食べ方や味について話しているだけなのだと思いこもうとした。

生餌と称して無垢な少年の精液を吸いだす天狗たちの羞恥心と、雪宥の羞恥心が同じ高さにあるわけがないのだ。高さどころか、存在している場所が違う。

「どうしてだ？　腹のなかに出されても、味はわからないだろ？」

慈栄坊の素朴な疑問は尽きない。

どうしてと言われても、口から飲むより合体してなかに出してもらうほうが、愛されている感じがして心まで満たされるからだ。

「そ、それは……」

言いづらくて雪宥が言葉につまると、剛籟坊が助け船を出してくれた。底に穴が開いて、今にも沈みそうな助け船を。

「腹に出したほうが、調子がいいようだ。散々これを可愛がったあとに出すものだから、口で吸わせるときより、かなり濃くなっている」

天狗が放つ精液は、精気と同意である。雪宥を抱いて可愛がっている間に神通力が性愛によって高められ、精気が濃くなっていく。交わらず、口に出すだけだと、やはり高められる度合いに限界があるという話らしい。

なるほど、と思わないでもなかったが、雪宥は沈没した。

「濃いほうが伴侶どのは嬉しいんだな」

「薄いとやはり、持ちが悪くてすぐに飢えるんでしょうか？」

「薄ければ、お代わりをすればいいんじゃないか？」

「じゃあ、濃いのを一回と、薄いのを何回もお代わりするのと、どっちがいいんだ？」

「そりゃ、濃いのがいいだろう」

「いや、お代わりだ」

「飲ませるところは、浅いところがいいのか、深いところがいいのか」

「そげんもん、深いとこに決まっとる」

「浅いところに出して、あとで念入りに練りこんでやるのもよさそうだが」

「それでお代わりをねだられたら、可愛くてたまらないだろうな！」

もはや誰がなにを言っているのかわからない。大天狗たちは口々に己が意見を騒がしく述べ、いっせいに雪宥のほうを向いて、口を噤《つぐ》んだ。

返事を待たれている。

――俺の神通力よ、今こそ目覚めよ！　ああ、高徳坊さま、助けてください。剛籟坊はあてになりません。この恥辱の海の底で溺《おぼ》れる俺を救いだしてください！

雪宥は最後の砦《とりで》、高徳坊に祈る思いでテレパシーを送ったが、そんなに都合よく神通力は目覚めなかった。テレパシーが送れたところで、助けてもらえたかどうかもわからない。

高徳坊も笑顔で雪宥を見つめているのだから。

「……こ、濃いのを、奥の深いところに出してもらうのが、好き、みたいです」

せっかく不老不死になったけれど、今なら羞恥で死ねる。剛籟坊が、雪宥はお代わりも同じくらい好きだ、と言いださなかったことだけが救いである。

雪宥はもぞもぞ動いて完全に剛籟坊の胸に顔を埋《うず》め、これ以上の質問には答えたくないと態度で示した。

本当にもう、限界だった。

剛籟坊に抱かれるまで雪宥は童貞で、女の子とつき合ったことがなかった。性的なことに興味はあっても、未経験の照れや気後れもあり、同性の友人と猥談に耽《ふけ》ったこともない。

それが、いきなりこれである。

二十歳《はたち》にもなって、剛籟坊の懐に隠れるなんて自分でもいやになるが、いやらしい話はしないでください、と決然と抗議できないから困るのだ。

ここらへんで勘弁してもらわないと、羞恥で思考力がなくなり、自分を見失ってしまいそうだ。いきなり奇声を発して暴れだすのは避けたい。

剛籟坊は雪宥の背中をぽんぽんと叩き、しっかりと抱えて立ち上がった。一度揺すり上げられて、いつもの縦抱っこの形に収まる。

「雪宥は疲れたようだ。俺たちはこれで失礼させてもらう。無作法だが、これほど大勢の天狗たちと顔を合わせたのは初めてのことゆえ、許してもらいたい。皆は気にせず、好きなだけ飲んで騒いでくれ。また明日、顔を出す」

退席宣言に、雪宥は胸を撫で下ろした。穴だらけの助け船を寄こしたマイナスを、多少差し引きしてやってもいい。

和やかに挨拶をして剛籟坊は雪花の間を出た。

引き止められないのは当然と言える。この宴は三日間催されるのだ。

特別な儀式があるのは初日の今日くらいで、明日と明後日《あさって》はひたすら飲めや歌えのどんちゃん騒ぎがつづくらしい。

天狗たちには夜はあってないようなもので、夜通し参加したい者はそうすればいいし、休みたい者は下の階の大道場で眠ってもらうようになっている。大道場にたどり着けず、雪花の間で眠りこける天狗も大勢いるだろう。

大天狗に雑魚寝はさせられないため、それぞれの大天狗用の休憩場所は剛籟坊がべつに作っていた。

剛籟坊の部屋の襖を開ければ、結界で隔てられた異空間に雪宥用の箱庭が存在するように、各々《おのおの》に割り当てられた雪花の間の襖を大天狗が開けると異空間につながり、贅《ぜい》を凝らした部屋が現れる。

大天狗以外の天狗が開けても、ただ雪花の間を取り囲む回廊があるだけである。

蒼赤が言うには、結界で仕切られた八つもの部屋を同時に作るのは相当大変なことらしいが、剛籟坊はその大変なことを軽々とやってのけたそうだ。

それだけの神通力を使いつづけているということだから、雪宥は剛籟坊に精を飲ませ、せっせと補給させないといけない。

それが伴侶の義務だとは思わなかった。自分にできることなら、なんでもしてやりたい。

だが、先ほどのやりとりを思い出すと、気分が沈んだ。

疲れたので退席するとは言ったが、彼らは剛籟坊と雪宥が今からセックスすることを知っている。毎日精を注いでいると剛籟坊が暴露し、奥深いところで濃いのをなかに出されるのが好きだと、ほかならぬ雪宥が白状した。

なんであんなことを口にする羽目になったのだ。

「うぅぅーっ」

羞恥がぶり返し、剛籟坊に抱かれたまま唸《うな》り声をあげて身悶えする。

「こら、そう暴れるな」

剛籟坊は上階の自室に戻り、そのまま襖を開けて箱庭の屋敷へ入っていった。

天狗館で天狗たちが騒ぐ声や、大人数が集まって生じる熱気が、ハサミで切り落としたように消え失せた。

剛籟坊と二人だけの馴染んだ日常が戻ってくる。

「大丈夫か?」

「大丈夫じゃないけど、大丈夫」

座敷に下ろされ、雪宥は両手を上げて大きく伸びをした。ほとんどの時間、剛籟坊の膝に抱かれて、縮こまっていた気がする。

普段は着ない打掛が重くて、凝った肩を指先で押し揉《も》んでいると、開け放っていた襖の向こうの廊下に蒼赤がやってきてかしこまった。

「失礼いたします。お休みの支度をさせていただきます」

蒼赤は剛籟坊の羽織、袴、着物を脱がせて、白絹で仕立てた寝間着に着替えさせた。剛籟坊がすむと、今度は雪宥の番である。

打掛を取られ、帯を解かれたところで、雪宥ははっとなった。このまま裸になり、寝間着を着つけられるわけにはいかない。

烏天狗たちは弁《わきま》えているので、雪宥の裸をじろじろ見ないよう、肌が露出しているときは目を伏せているが、それでも駄目だ。きっと気づかれてしまう。

「蒼赤、今日はこれでいいよ！　あとは自分でする。この着物も汚さないように、そこの衣《い》桁《こう》にかけておくから」

帯が解かれ、広がっていく着物の前を掻き合わせ、必死の形相で訴える雪宥に、蒼赤はなにかを感じたようだ。

「さようでございますか。では、よろしくお頼み申しますぞ」

一度こきゅっと首を傾げてから、剛籟坊の着物一色と、雪宥の打掛と帯だけをまとめて、下がっていった。

襖が閉まり、雪宥は安堵《あんど》のため息をついた。

る。

「蒼赤ならば、それを見ても気にしないと思うが」

剛籟坊はあらかじめ敷かれていた布団の上に胡坐《あぐら》を掻き、立ったままの雪宥を見上げてい

「俺が気にするの！　だってこんなの、裸より恥ずかしいよ……」

「そうか？　伴侶の自覚を持った、慎ましいふるまいだと感心するだろう」

「蒼赤が感心してもしなくてもどっちでもいい。もういいよね？　早く取ってよ」

雪宥は剛籟坊に近づき、手で合わせていた着物の前をゆっくりと開いた。

剛籟坊が望めば、すぐに交われるように、普段の雪宥は下着をつけていない。だが、今日は違う。

宴が始まる前に、剛籟坊に乞《こ》われてつけさせられたものがある。

それは一言で言うならば、貞操帯であった。柔らかい革でできており、雪宥の陰部をすっぽりと覆い、尻《しり》の孔《あな》を隠している。

Tバックパンツのような形だが、神通力で固定してあるだけあって、引っ張ってもずれるどころか、びくともしない。剛籟坊の神通力を破るほどの力を持った天狗でなければ、雪宥の秘部を見ることもできないだろう。もちろん、雪宥自身にもこれは外せない。

「よく似合っているぞ。裸のお前を見るのが好きだが、そうして隠しているのも、そそられるな」

雪宥の股間《こかん》を見つめ、剛籟坊はまんざらでもなさそうに笑った。

「こういうのがあるなら、転成中でもずっとつけさせておけばよかったんじゃない？」

そうすれば、雪宥が軽はずみな真似をした結果、誰かに襲われても、泥舟にされることはない。反抗する雪宥を天狗館に閉じこめておくより、有益だったかもしれない。

「あのころのお前は、幼い時分に俺と会っていた記憶を取り戻してもいなかったし、人間の世界を恋しがっていて、俺のすることはお前を怒らせるばかりだった。そんなお前に俺への貞節を守れと言って、こんなものをつけさせたら、もっと嫌われてしまう」

当時の自分を思い出し、雪宥は納得した。身の安全性が高まる代わりに、剛籟坊へ寄せる想《おも》いが薄れていた可能性は高い。

「たしかに、そうだったかも。じゃあ、今なら嫌われたりしないと思ったんだ？」

「ああ。呆れたり怒ったりはするかもしれんが、嫌われると思わなかった。お前は俺の伴侶だからな。身につけさせるとき、恥ずかしそうにしていたお前は可愛かった」

雪宥は赤面し、わざとぶっきらぼうに言った。

「馬鹿なこと言ってないで、早く外してよ。窮屈で苦しいんだ」

「我慢できないほどではないだろう？　今しばらく、このままで。着物を脱いで、後ろ姿も見せてくれ」

「いやだ！」

「脱がずとも、裾をまくって尻を突きだしてくれてもいいが」

「もっといやだ！」

ケロッとしているように見えるが、酒に酔っているのだろうか。剛籟坊がなんだか、変態くさい。

雪宥はじりじりとあとずさって剛籟坊から逃げ、また着物の前を合わせた。

このままではいずれ、貞操帯姿をじっくりと観賞されてしまう。剛籟坊の甘い囁きや手管に、雪宥が抵抗しきれたためしはないのだから。

とりあえず、べつの話題で気を逸《そ》らせるべきだ。雪宥は酒を飲む前に高徳坊から聞いて、ずっと気になっていたことを、剛籟坊に訊《たず》ねることにした。

「あのさ、すべての伴侶が天狗として転成できるわけじゃないって、高徳坊さまが言ってたけど、剛籟坊は知ってたの？」

「もちろんだ。時代の流れもあって、アマツユリから土岐家の末裔《まつえい》に契約を変えるのが可能かどうかは、お前の父が不動村を出たときあたりから考えていた。高徳坊どのは、伴侶の存在を実際に知っておられる方だ。だから、蓮生山に招かれたときには、伴侶についていろいろ話を聞かせてもらっていた。契って天狗の精を注ぐことや、ややこを産むことなど、だいたいのことは俺も知ってはいたが、転成できない場合があるなど知らぬ話も多く、伴侶を娶る際には心してかからねばならんと気を引き締めていた」

どうやら、契約の対価として伴侶を娶る可能性のあった剛籟坊は、高徳坊の知識を得つつ、何十年も前から準備をしてきたらしい。

「俺が転成に失敗するかもしれないって思わなかった？」

「思わん。お前は普通の血筋ではない。土岐家は千年もの間、不動山の大天狗の守護を受けている家系だ。俺の神通力にも馴染みやすいだろうし、うまく運ぶと信じていた」

「でも、もし俺が駄目だったらどうするつもりだったの？　転成できなくて、年を取って死んでしまったら？」

「お前を生かすためなら、俺はなんでもする。俺の力はすべてお前に注いで、惜しまない。万が一、転成がならなかったときでも、俺はつねにお前とともにいる。不動山はいいところだが、黄泉路もお前と二人なら、また楽しかろう」

「……」

ほんの好奇心で訊いたのに、そんな答えが返ってきて、雪宥はぐっと奥歯を嚙んだ。目の奥が熱くなって、瞳が潤んでくる。

天狗は不老不死だが、持てる神通力を使い果たしてしまうと死に至る。剛籟坊は死をも厭《いと》わず、雪宥に力のすべてを注ぎ、最悪の結末となっても、運命をともにしてくれるつもりだったのだ。

彼は不動山の主で、山と山に棲む天狗たちを守る義務があるのに。

愛されているのは知っていた。でも、そこまで深い愛だとは、きっと雪宥はわかっていなかった。

彼が守るべきすべてのもの、彼自身の命よりも、雪宥を選んでくれるなんて。

雪宥だって剛籟坊を愛しているけれど、彼がくれる愛情がいつも大きすぎて溺れそうになってしまう。いつか、雪宥の愛情で剛籟坊を溺れさせることができればいいのだが。

愛情の海に揺られながら、それほどの覚悟を持って雪宥を伴侶にしてくれた剛籟坊に、なにかお返しをしたい。

神通力も使いこなせない雪宥が剛籟坊のためにできるのは、剛籟坊が雪宥にしてほしいと願う希望を叶《かな》えてあげることだ。それしかない。

雪宥は拳《こぶし》を口元に当てて軽く咳《せき》払いし、再び剛籟坊に近づいて、くるりと背中を向けた。

「どうした。なにをするつもりだ？」

「……剛籟坊が見たいって言ったもの、見せてあげる」

緊張のせいか、掠《かす》れた声が出て自分でも驚いた。

奉仕と献身の精神をもってしても、羞恥を消すのは難しかったが、雪宥は着物の裾をウエストあたりまでまくり上げると、前屈《まえかが》みになり、剛籟坊に向かって尻を突きだした。

「これで、いい？　ちゃんと、見えてる……？」

「……ああ。可愛い尻だ」

一拍置いたあとの剛籟坊の声も、欲情で低くなっていた。身を乗りだし、食い入るように見つめているのが、尻に突き刺さる視線の痛さでよくわかる。

貞操帯によって、双丘の狭間《はざま》の窄《すぼ》まりは見えていないはずだ。前にある男性器だって革で覆われ、無遠慮な視線から守られているのに、どうしてか全裸を曝《さら》すよりも恥ずかしい。

雪宥は少し開いていた膝を寄せて、脚をもじもじさせた。

もうそろそろいいだろうか、と首をねじ曲げて後ろを見れば、剛籟坊が音もなく接近していた。

「えっ、……わっ」

驚いた雪宥は、咄嗟《とっさ》に逃げようとして体勢を崩し、両手を前についた。

「動くな。そのまま、脚をもう少し開いてくれ」

ほかならぬ剛籟坊からの要求を、拒否することはできない。とくに今は。

震えそうになる脚を開き、尻を頂点にした山のポーズで剛籟坊の視姦《しかん》に耐える。

剛籟坊は雪宥の脚の間に片膝を入れ、見るだけでは飽き足らず、手を伸ばしてきた。膝裏から腿《もも》の内側を通ってつけ根まで、手のひらでゆったりと撫で上げられる。

「日に当たらないせいか、真っ白だな。滑らかでいい手触りだ。ここの丸みも愛らしい」

「あ……っ」

尻を両手できゅっと揉まれ、雪宥は身体を揺らした。

粘土でも捏《こ》ねるように、中央に寄せられては、また左右に開かれる。左は上に、右は下にとばらばらに動かされることもあった。

細い幅の革のベルトで隠された秘部も刺激を受けて、ヒクついてしまう。

彼の気がすむまで好きにさせてやりたいが、畳についてぴんと伸ばしている両手両足が、だんだん疲労を訴えてきた。

自然に膝が曲がり、腰が落ちてくると、剛籟坊は下から持ち上げて支え、窄まりに近い場所に唇を押しつけた。

「やっ！　あ、あぁっ……！」

いきなり襲ってきた温かく濡れた感触に、雪宥は耐えきれず崩れ落ちた。

尻は剛籟坊が支えているので、うつ伏せにはならず、膝をつかされ、腰を差しだす恰好になっている。

腰までたくし上げていた着物が崩れた拍子にまくれ、重みで肩のほうにずり落ちてきて、雪宥がやみくもに引っ張った結果、頭をすっぽりと覆ってしまった。

真《ま》っ暗闇《くらやみ》ではないけれど視界は閉ざされ、布で遮断された空間に荒くなった吐息がこもって息苦しい。

頭や腕を隠し、貞操帯のみをまとった自分がどんな恰好を剛籟坊に曝しているか、想像すると、全身の血が沸騰しそうになった。

剛籟坊は露《あらわ》になった雪宥の背中を撫でながらも、尻に埋めた顔はそのままで、しっとり汗ばんできた肌に口づけては舐めまわし、甘く噛んでは吸い上げている。

「ん……ん、やだ、あ、あ……」

雪宥はくぐもった声で喘いだ。

剛籟坊の愛撫《あいぶ》を意識が追ってしまって、頭に絡まっている着物を取り除く余裕がない。

雪宥自身もとっくに反応して勃《た》ち上がろうと疼いていたが、貞操帯が邪魔をしていた。汗か先走りか、内側が蒸れ始めているのがわかる。

「くぅ、……は、んっ」

快感を逃そうと、腰が自然に動いてしまう。

宴の間、貞操帯は雪宥の股間にぴたりと張りつき、身動ぎしてもずれる気配はなく、ほとんど雪宥と一体化していた。

それが今は、ただの下着のようになっていて、性器を包む前部に多少の余裕ができ、勃起《ぼっき》しようとする陰茎と革が擦れ合い、感じたことのない愉悦がそこから湧き起こってくる。

雪宥は首を振り、もがくようにして、なんとか着物から頭を出した。抜けなかった袖《そで》が腕に絡まり、はからずも重い枷《かせ》となって雪宥の自由を奪っている。

尻を舐めまわして唾液《だえき》でべとべとにした剛籟坊は、双丘の合わせ目を縦に走るベルトを指先で横にずらした。

「あっ！　や、だめ……！」

いつも見られている部分なのに、今日はやけに恥ずかしい。

「赤くなっているな。触れてほしかったか？　こうすると、指に吸いついてくるぞ」

「んーっ！」

窄まりにぴたっと指の腹を当てられて、雪宥は白い着物に顔を埋めて呻いた。

ようやく与えられた指を逃すまいと、吸いつくどころか、飲みこもうとする勢いで蠢《うごめ》いている。尻も大胆に動き、ときおり剛籟坊の顔や肩にぶつかった。

「よしよし、ちゃんと触ってやるから、そう暴れるな」

剛籟坊はそこに口づけをくれ、何度か舌で舐め上げてから、強くしゃぶりついてきた。

雪宥の後孔は、もっとも敏感な性器である。剛籟坊の太い肉棒を挿入され、出したり入れたり捏ねまわされることで、絶頂を極めるまでに仕こまれている。

「あぁ……ん！　あん……っ、やぁっ」

あまりの快感に、甘ったれた声が迸《ほとばし》りでた。

たっぷりと濡らされたあとで、舌先がなかに潜りこんでくる。きゅっと締めつけたら、押しだされる形で出ていってしまう。慌てて緩めると、戻ってくれた。

舌の横から指が入ってきて、異なる感触のものに、違う動きで肉襞《にくひだ》を愛撫される。

「や、あっ、そこ……っ、いい、気持ち、いい……！」

雪宥は尻を振りたくった。

貞操帯で押さえこまれている陰茎が、痛みを覚えてずきずきしている。いつもの雪宥なら、早々に降参し、涙声で外してくれと剛籟坊に頼むところだが、今日は唇を噛んで甘えたくなるのを堪えた。

大天狗たちと交わした淫猥《いんわい》な話題は、まだ頭に残っている。

雪宥の口に出すより、雪宥とつながり、時間をかけて存分に可愛がったあとで腹のなかに出す精液のほうが濃くなっているという話だった。

ということは、雪宥の精も我慢すればしただけ濃くなるのではないか。濃いというのは、精気が高まっている証で、剛籟坊のそれが雪宥の調子をよくするなら、雪宥のそれも剛籟坊の調子をよくするはずだ。それが道理というものである。

この革の窮屈な覆いは、感じやすく堪え性のない雪宥が、射精感を抑えるにはちょうどよかった。剛籟坊のためにも、できるだけ長く持たせたい。

「蕩《とろ》けてきたな。前が苦しいだろう。今、外してやる」

「だめ、外さないで……！」

雪宥に拒否されると思わなかったのか、剛籟坊が一瞬黙った。

「……これが気に入ったのか？」

剛籟坊は股《また》の間から手を入れ、革の上から雪宥のものを揉みしだいた。

「あっ、あっ、あっ」

気持ちいいのと痛いのともどかしいのとで、雪宥は連続した短い喘ぎを零した。達してしまうかとひやっとしたものの、直接でないせいか決定的な刺激がなくて、どうにか持ちこたえられた。

手が離れ、なんとか呼吸と肉体が落ち着くと、雪宥は首をねじり、後ろの剛籟坊と目を合わせた。

「気に入ったわけじゃないけど、外されたら、すぐ出ちゃいそうで……」

「好きなだけ出せばいい。何度でもいかせてやる」

「そうじゃなくて、いっぱい我慢して高めたいんだ……精気を。少しでも、剛籟坊の力になりたいから」

剛籟坊が目元を細めて笑った。

「健気なことを言う。では、限界まで辛抱していろ。お前の甘露で力の増した俺を、皆に見せてやらねばな」

「え……」

雪宥は戸惑った声を出した。

ただただ、命を懸けて自分を愛してくれる剛籟坊のために頑張ろうと思っていただけなので、その成果が発表されることまでは考え至らなかったのだ。

「皆が羨《うらや》む俺の力は、お前からもらうものだ。天狗たちはそれを知っている。一晩で俺の力がどれほど強くなっているか、確かめたくてうずうずしているだろう」

「そ、そういうの、わかっちゃうもんなの？　剛籟坊を見ただけで？」

「誰がどのくらいの神通力を蓄えているか、ことさらに隠そうとしないかぎりはだいたいわかるな。もちろんお前も、今日以上に輝かせてやる。お前を綺麗にするものを、俺がたっぷり飲ませてやるからな」

「……」

雪宥は返事ができず、呆然と着物に顔を埋めた。

秘めておくべき性行為の詳細が、天狗たちに筒抜けになっている気がしたからだ。今日でさえ、あれだけ赤裸々に訊ねられたのに、前日以上に強くなった剛籟坊と、艶々《つやつや》になって輝いている雪宥を見た大天狗たちが、黙っているとは思えない。

だが、熱くて濃密な夜を過ごしたことを教えたくないから、あっさりすませてほしいとも頼めないのだ。

剛籟坊の力の増し方が彼らの予想以下だったら、雪宥の伴侶としての評判や価値は下がるだろう。それは剛籟坊の評価につながる。

結局、やり始めたことを最後までやり遂げるしか、雪宥が取るべき道はない。

覚悟を決めた雪宥は、剛籟坊の前でねっとりとした動きで尻を振った。

「剛籟坊の神通力を一番強くできる方法で、俺を抱いて。焦《じ》らしてもいいし、何回だってしていいから。我慢できなくなって俺が泣いても、許さなくていい。俺の身体、剛籟坊の好きにして」

「……なんということを。一寸ごとに、お前への愛しさが深くなる。ならば、今宵《こよい》は俺につき合ってもらおう。お前が零すものは、一滴残らず吸い上げてやる」

剛籟坊は膝立ちになり、雪宥の腰の位置を定めさせた。邪魔をしている貞操帯のベルトを片方に寄せ、脇から硬く勃起している男根を秘部に当てる。

最初は抵抗を示しても、何度かノックされ強く押されると、小さな蕾《つぼみ》が開いて肉棒を迎え入れていく。早く欲しくて尻を突きだせば、剛籟坊が笑った気配がした。

毎日自分のなかに収めているものだから、入ってくるというより、戻ってくるという感覚になりつつある。

「ん……んぅ、んっ」

雪宥は細く息を吐いて力を抜き、剛籟坊のなすがままに身を委《ゆだ》ね、彼がくれるきついほどの愉悦を味わいつづけた。

3

翌朝、剛籟坊と雪宥は烏天狗たちに身支度を整えられて、雪花の間に向かった。

剛籟坊は銀鼠《ぎんねず》色の着物とそれに合わせた色の袴、雪宥は裾のほうだけ桜色にグラデーションしている瑠璃《るり》色の打掛を羽織っている。

昨日の赤い打掛に比べると落ち着いた印象で、男として晴れ着に赤を着ることに若干の抵抗があった雪宥は胸を撫で下ろしたのだが、神通力の輝きを目立たせるためには、こういう色合いのほうがいいらしい。

「今日も綺麗だな。お前自身の美しさが際立っている」

美しくさせた張本人は目を細めて満足そうに言い、当たり前のように貞操帯を雪宥につけさせた。

昨日のものは雪宥の汗やら先走りやらで濡れそぼり、大変なことになっていたので新しいものである。交わりの小道具になることがわかると、いっそう気恥ずかしい。

烏天狗たちを従え、剛籟坊に抱かれて移動し、蒼赤が雪花の間の襖を開けた。

酒の匂いが鼻についたが、それほど不快でもない。大天狗をはじめとする天狗たちは、雪宥が見たかぎり、勢揃いしているようだった。

多少酔った顔、衣服を乱している者もいたが、昨日と同じ位置に座っている。夜通し飲んでいたのか、少しは寝たのか、その様子からはわからない。

不動山の烏天狗、裏方では木っ葉《こっぱ》天狗が頑張って、酒や食べ物を出し、空になったらすぐに下げて新しいものを用意する、といったことを繰り返しているので、膳もさほど乱れていなかった。

二人が姿を見せると、全員の視線が集まった。

覚悟はしていたものの、やはりきつい。剛籟坊に抱えられていなかったら、まわれ右して一目散に走って逃げていただろう。

剛籟坊は視線など気にもせず、むしろ誇らしげな感じで堂々となかに入り、定められた場所に雪宥を抱いたまま、胡坐を掻いて座った。

「楽しんでくれているか。酒や食いものが足りなければ言ってくれ」

剛籟坊の言葉も、大天狗たちは耳に入っていないようだ。

「精気が充溢《じゅういつ》していますね。光り輝いて、眩しいほどです」

高徳坊が目を細めながら言った。直視しづらいほど眩しいのかもしれない。

「いやはやまったく。伴侶どのの前では、光輝坊と名乗るのが恥ずかしくなるほどだ。潔く伴侶どのにこの名を譲ろうと思うが、どうか」

一日経《た》って少し打ち解けてきたのか、無口な光輝坊までがそんなことを言う。

「なにを言われる。その名は光輝坊どのにこそふさわしい。ありがたいが、気持ちだけいただいておこう。それに雪宥という名を、俺は気に入っておるゆえ」

剛籟坊の如才ない断り方を聞いて、リップサービスかと思った光輝坊の申し出は本気だったのだと雪宥は悟った。

七百年以上も名乗りつづけてきた自分の名を譲ろうとするほど、今の雪宥の輝きが尋常ではないということだ。

雪宥は自分の手のひらを見つめ、一度閉じて、開いてみたが、光のひの字も見えなかった。どんなに褒められようと、これが視認でき、さらにコントロールできるようになるまでは一人前とは言えまい。

「ありがとうございます」

謙遜の笑みを浮かべ、剛籟坊に倣って礼を言いながらも、雪宥は気を引き締めた。

「雪宥もすげぇが、剛籟坊もすげぇな。そんなのを見せられちゃ、差しで力比べがしたくてしょうがねぇ。どうだ、今から道場でわしと為合《しあ》わねぇか？」

八尺坊が好戦的な顔で腕を鳴らせば、東犀坊も黙っていない。まくり上げた袖からうねる筋肉を見せつけて息巻いた。

「俺も為合いたいぞ！　八尺坊よりも先に俺としてくれ」

「なに言ってんだ、お前。順番は守れよ！」

揉め始めた二人を、銀嶺坊が止めてくれた。

「まぁまぁ、お二人とも、朝から笑わせないでください。今日の剛籟坊は無敵です。誰の目にも明らかでしょう。供の天狗たちの前で、みっともなく這《は》いつくばる姿をわざわざ見せたいと自ら望むなんて、捨て身の余興ですか？」

昨日も少し思ったが、美しい顔に似合わず毒舌である。

心を抉《えぐ》る言葉を、この世のものとは思えない美貌から、それも笑みとともにするすると打ちこまれて、好戦的な大天狗たちは黙った。

神通力を持つ大天狗たちのガチンコ勝負がどんなものか、雪宥には想像もできないけれど、とりあえずお流れになったようで助かった。

仲間に無敵と称された剛籟坊をそっと見上げると、すぐに気づいて優しい眼差しを向けてくれる。

「俺が強くなったのは、お前のおかげだ」

「そうだそうだ。雪宥のおかげじゃねぇか。わしにだって伴侶がいりゃ、無敵だぜ」

不貞腐《ふてくさ》れた八尺坊が、これみよがしに愚痴っている。

しかし、雪宥にとっては褒め言葉だった。他山の大天狗に、形式的に伴侶として披露されるのと、雪宥が持っている力を認識し、申し分ない伴侶だと納得してもらうのとでは大違いである。

「雪宥。剛籟坊の伴侶。我々がそなたを歓迎している証に、贈り物をいたしましょう」

高徳坊がそう言うと、大天狗たちの後ろに座していた供の天狗たちが動きだした。

大天狗たちがそれぞれ贈り物をしてくれるだろう、という話は剛籟坊からも聞いていたので、雪宥は剛籟坊の膝から下りて、正座をした。

不動山に来てもらい、こうして祝ってもらえるだけでもありがたいのに、贈り物までいただいてしまうのは心苦しいと剛籟坊に言えば、受け取るのも伴侶の務めだと諭された。他山で慶事があれば、俺も同じことをしているのだからと。

贈り物は席次の順に、雪宥の前に持ってこられた。

高徳坊からは、はるか彼方まで見渡せる遠眼鏡《とおめがね》。

凜海坊からは、怪我をしてもたちどころに治る秘蔵の傷薬。

光輝坊からは、水に浸ければ酒に変えてくれる石。

八尺坊からは、岩をも斬れるという長刀《なぎなた》。

東犀坊からは、嵐《あらし》の海でも溺れない水練要らずという衣。

銀嶺坊からは、見たいものを見せてくれる水鏡《みずかがみ》という鏡。

慈栄坊からは、地に撒《ま》けば桜が生えてくる灰。

翠漣坊からは、舞が上手に舞えるようになる下駄《げた》。

各山の秘宝を、雪宥は恭しくいただいた。

不動山にも宝物庫があり、魔法のアイテムには免疫ができていたから、秘宝の説明を聞いて、鳩《はと》が豆鉄砲を食ったような顔はせずにすんだ。

なかでも、一番印象に残ったのは、東犀坊からの水練要らずである。

藁《わら》で作った蓑《みの》と、河童《かっぱ》が頭に乗せているような緑色の皿がセットになっており、皿には紐がついていて顎の下で結ぶようになっていた。

「この皿の向きが大切なのだ、伴侶どの。凹《へこ》みを下にして結ぶと嵐の海でも溺れないが、凹みを上にして結ぶと、水に沈んだが最後、浮かび上がれない。嵐の海に入るときは、くれぐれも間違わぬようにしてくれ」

「充分注意します」

東犀坊が真剣な顔で言うので、雪宥も真面目に頷いた。

しかし、東犀坊には悪いが、これをつけて嵐の海に雪宥が入ることはないだろう。そんな状況が想像できないし、ファッションセンス的な意味で、この緑色の皿を頭に装着したくなかった。凹みが上でも下でも、雪宥にはハードルが高すぎる。

以前、雪宥が無断で使った隠れ蓑にこんな皿がついていたら、使用は思いとどまったかもしれない。

すべてが揃うと、雪宥とともに剛籟坊も礼を言い、蒼赤たちがそれらを運びだした。宴はまだまだつづくし、酔っぱらいが散乱する場に贈り物を置いてはおけない。

飲みなおしとばかりに、新しい酒が運ばれてくる。

雪宥もチビチビと飲んでいると、烏天狗の白翠《はくすい》が静かにやってきて、剛籟坊に耳打ちをした。声が小さすぎて、なにを言ったのかはわからない。

気になって見ていると、贈り物を運んで戻ってきた蒼赤が雪宥に教えてくれた。どうやら、結界の外、人間の世界では大雨がつづいていて、土砂崩れを起こしそうな場所があり、剛籟坊が行かねばならないらしい。

彼は不動山の主だから、どんなときでも御山を守る責任があるのだ。

アマツユリの神力によって治められていた不動山は今、アマツユリを咲かせる最後の後継者である雪宥が、その血筋に持っている神力に契約の形を変えて治められている。千年の慣習を変えられた不動山は暴れ、剛籟坊が雪宥の精を摂取しなかったときには抑えきれず被害が出ていた。

雪宥と剛籟坊の誤解が解け、仲睦まじく暮らしている今は、すっかり落ち着いている。他山の天狗たちを招いて、もてなせるくらいに。

それでも、不動山は地理的に天災被害に遭いやすい厳しい山で、緊急に剛籟坊の力を必要とすることがしばしばある。

剛籟坊は安心させるように雪宥に微笑みかけた。

「少し席を外すが、すぐ戻る」

「俺も一緒に行こうか?」

御山を守る責任を果たしているときに、剛籟坊が雪宥を伴ったことはないけれど、雪宥はそう訊いた。

一緒にいたら、剛籟坊の神通力が減っていっても、その場でまた満たしてあげられる。剛籟坊には、大雨で土砂崩れを起こしている現場で、雪宥の性器をしゃぶってもらわねばならないが。

「大丈夫だ。ここに置いていきたくはないが、連れていけば、お前が雨に濡れてしまう。高徳坊どのか、銀嶺坊のそばで待っていてくれ」

「わかった」

雪宥に無茶を言わない、しないだろうと剛籟坊が思っているのが、その二人なのだろう。高徳坊はともかく、やはり昔馴染みの友人への信頼は厚いようだ。しかし、昨日のようにもやっとしたものは感じなかった。

彼らは友人で、伴侶ではない。毎日剛籟坊と一緒にいて、これほど気にかけてもらい、肉体的に愛してもらえるのは雪宥だけだ。

「俺のおらぬ間にこれ幸いと雪宥に触れるなよ。指一本でも触れたやつは……わかっているな?」

主に八尺坊と東犀坊に向けて脅しつけ、剛籟坊は雪花の間を出ていった。

剛籟坊のお墨つきとはいえ、雪宥のほうから高徳坊の隣に寄っては行きづらい。すると、名指しのうちの一人、銀嶺坊が雪宥の隣に来てくれた。

「剛籟坊が戻るまで、下品な大天狗たちから私があなたをお守りしましょう」

下品な大天狗たちからいっせいにブーイングが飛んできたが、銀嶺坊はまったく気にしなかった。

「ありがとうございます。俺が、もうちょっと神通力を使いこなせるようになってたら、よかったんですけど」

雪宥は恐縮して言った。

「焦ることはありません。転成したばかりなのだから。人間だったころ、あなたは不動村に住んでいたのですか？」

「いえ、父は不動村出身ですが、俺は東京《とうきょう》生まれの東京育ちです」

銀嶺坊に訊かれるまま、雪宥は自分の生い立ちや剛籟坊と出会ったときのことを話した。

「では、お母と義理の父、腹違いの弟は東京にいて、あなたがどうなったか知らないままなのですね」

「ええ、たぶん。知らないと思います。不動山に一人で入って、行方《ゆくえ》不明になったので」

「突然いなくなったあなたのことを、心配しているでしょうね」

「……そうですね」

家族のことを思い出すとき、雪宥の気持ちは複雑だ。

後継者である雪宥が行方不明になったことで、莫大な土岐家の遺産を相続できなかったことは、すでに知っている。彼らが雪宥の安否を気遣っているかどうかはわからない。遺産が相続できなくなって、役立たずと罵《ののし》られ、恨まれているかもしれない。

「あなたも、故郷や親が恋しくなることもあるでしょう。私はあなたによいものを贈ったようです。水鏡を役立ててください」

しゅんとしている雪宥を気遣ったのか、銀嶺坊が張りきって言った。

「見たいものが見える鏡、ですか？」

「そうです。寂しくなったときに、覗《のぞ》いてみなさい。でも、見えるだけなのですよ。話はできないし、向こうからこちらは見えません。一方通行ですが、それだけ気軽に使えます。大天狗の宝物のわりにはたいしたことがないと思われるかもしれませんが」

「そんなことないです！　とても嬉しいです。そんな素晴らしい宝物を本当にいただいてしまって、よかったんでしょうか」

「もちろんです。そうそう、言い忘れておりましたが、鏡を見るときは必ず一人でないといけませんよ。二人いると、どちらの世界を見せるか鏡が迷ってしまいますからね。それと、見ている間のおしゃべりは禁止です。騒々しくすると、ただの鏡に戻ります。それさえ守れば、あとは自由。あなたの見たい世界、見たい時代を思い浮かべればいいだけです」

「わかりました。大切に使わせていただきます」

そう言ったものの、使うつもりはなかった。

天狗界で暮らす者は、人間と関わってはいけないと剛籟坊に厳しく言われていたし、恨まれているかもしれない可能性があることがわかると、雪宥のほうもさほど会いたいと思わなくなっていた。

雪宥には剛籟坊がいる。彼が治める不動山があり、彼が守る天狗たちがいて、それが雪宥の新しい家族だった。

話が途切れると、隙《すき》を窺っていた八尺坊や東犀坊がちょっかいをかけにきたが、銀嶺坊が追い払ってくれた。

剛籟坊が戻ってきたのは、凜海坊に、触らないと約束するので真上からつむじを見せてくれと頼まれ、見せているときだった。

見せているといっても、雪宥は普通に座っていて、凜海坊が真上から凝視しているだけである。剛籟坊の姿を認めた凜海坊は、慌てて慈栄坊たちのところへ逃げていった。

「もう大丈夫ですね」

と言って、銀嶺坊も翠漣坊たちの集団へ歩み寄っていく。

「ありがとうございました」

銀嶺坊に頭を下げ、隣に座った剛籟坊に訊ねる。

「どうだった?」

「問題ない」

剛籟坊の返事はだいたいこうだ。雪宥に心配をかけたくないから、それほど大丈夫でなくても、平気なふりをする。

伴侶の端くれとして、嘘は見逃すまいとじっと見つめたが、疲れた様子もなく、むしろ機嫌がよさそうなので、雪宥は信じることにした。剛籟坊の髪も衣服も濡れてはいないのに、かすかに雨の匂いがする。

雪宥は自分から距離をつめて、隙間なくぴたりと剛籟坊に寄り添い、酒を注いで彼の働きを労《ねぎら》った。

祝い品の贈呈が終わり、剛籟坊も戻って、あとは楽しむだけとなった宴は、雪宥が予期しない方向へとヒートアップし始めた。

酔っぱらった八尺坊が、大天狗のくせに威厳もなにもなく、かぎりなく全裸に近い恰好で踊りだすと、主につづけとばかりに北総岳の天狗たちも脱ぎだした。裸祭りで目のやり場に困ったが、これはまだましなほうだった。

度肝を抜かれたのは、凜海坊である。

「おいどんのとっておきを見せてやる!」

彼は用意させた大量の油を飲んで、口から炎を吐きだした。

特殊な炎なのか、なにかに燃え移ることはないようだが、雪花の間の温度が一気に上昇したのは言うまでもない。

すると、慈栄坊が負けず嫌いを発揮し、ぐらぐらに煮えた鉄を用意させたと思えば、素手でそれを掴んで飴《あめ》細工のように馬や牛を作り、挙句の果てにはそれを食べてしまった。どんな歯をしているのか、ガキンゴキンという鉄を嚙み砕く重い音がリアルだった。

慈栄坊がやんやともてはやされると、東犀坊が張りきって片肌を脱いだ。

「次は俺だ！」

拳を握って剝《む》きだしの腕に力瘤《ちからこぶ》を作り、力自慢の芸を披露する気かと思いきや、フンッといきんだ彼の腕ではなく、頭頂部からぽろぽろと花が零れ落ちてきた。

淡紅色の桜の花で、頭に花が咲いているようだ。東犀坊が仰向《あおむ》き大きく息を吐きだすと、それは見事な桜吹雪になった。

裸祭り、火吹き、鉄喰《ぐ》いと三連続でげんなりしていた雪宥は、花の出し方に問題はあれど、ここにだけ春が訪れたような美しい桜吹雪に心癒《いや》された。

そこですっと立ち上がったのは銀嶺坊で、彼は扇を手に桜のなかで舞い始めた。合わせて光輝坊が龍笛を吹き、翠漣坊が羯鼓《かっこ》を打つ。

初めて目にする古典的な舞に、雪宥の目は釘づけだった。内容はよくわからないものの、雪の妖精が桜の咲く春の訪れを歓迎しているように見える。

差手引手も鮮やかに、銀色の長い髪をふわりと揺らす銀嶺坊は優美極まりない。

即興の舞台が終わると、割れんばかりの拍手が湧いた。

「銀嶺坊さま、綺麗だったね」

雪宥も痛いほど手を叩き、銀嶺坊に視線を向けたまま、剛籟坊に言った。銀嶺坊は容姿だけでなく、立居振舞も上品で美しく、つい見つめてしまうのだ。

雪宥の視線に気づいた銀嶺坊が、そっと目礼を返してくれる。

「そうか」

「……？　そうかって、剛籟坊も見てたんじゃないの？」

返答のおかしさに気づき、雪宥が剛籟坊のほうに首を曲げると、目が合った。自分と同じように銀嶺坊を見ているのだとばかり思っていたから、驚いて少し仰《の》け反った。

「熱心に見ているお前を見ていた。ほとんど瞬《まばた》きもせずに集中して、そんな顔もするのかと思うと、目が離せなかった。本音を言えば少々妬《や》けた」

「……」

雪宥は顔を赤く染めた。

なにも言えなかったのは、嬉しいと思ってしまったからだった。誰が見ても感動せずにはいられない銀嶺坊の幻想的で見事な舞には目もくれず、毎日見ている雪宥の顔のほうに価値を見出し、なおかつ妬いてまでくれたとは。

雪宥だって、もし剛籟坊が銀嶺坊にうっとりと見惚れていたら、焼きもちを妬いていたかもしれない。雪宥だけを見てくれる剛籟坊で、よかった。心が狭いと言われても、それが本心だから仕方がない。

飛びついて抱き締めたくなる衝動を堪え、小さな声で囁いた。

「剛籟坊がいるからだよ。もし、剛籟坊がここにいなかったら、剛籟坊のことばかり考えて、俺の目にはなにも映らない」

「そうか」

その返事は二度目だったが、ずいぶんと柔らかく、甘く響いた。

大天狗による大きな芸が出尽くしたのか、雪花の間では主従が入り乱れ、それぞれ歌ったり踊ったりしていた。銀嶺坊の華麗な舞の余韻が綺麗に消え去り、すっかり酔っぱらいたちの大宴会に様変わりしている。

これはこれで楽しく、雪宥と剛籟坊は互いに見つめ合うのをやめ、陽気に騒ぐ天狗たちに目を向けた。

やがて一人の烏天狗が雪宥の前に進みでて、身体を張った一発芸をやると宣言した。

期待して見つめる雪宥の前で、彼は黒い嘴《くちばし》から舌をべろんと出し、目の横にあるらしい穴を舌でふさぎ、「耳栓！」とくぐもった声で――舌が外に出ているのでしゃべりにくいと思われる――叫んだ。

雪花の間にいる全員が大爆笑だった。

何度見てもおもしろいと誰かの声が聞こえ、宴会には欠かせない一発芸なのだろうと理解する。

「……」

残念ながら、笑いどころがわからなかった雪宥は、視線だけで剛籟坊をチラ見した。

彼は口を開けて大声で笑う天狗ではないので、目元と口元をおかしそうに緩めているだけだが、それでもたしかに笑っている。

衝撃だった。烏頭の耳の穴はそんなところにあったのか、という新しい発見などどうでもよかった。

——俺は剛籟坊のことを、なにもわかっていなかったのかもしれない……。

なんだか急速に自信がなくなってきて、表情を強張《こわば》らせている雪宥を、芸を披露した烏天狗が不安と期待の混じった顔で見ていた。

目も嘴も真っ黒で眉のない烏の顔は、表情が読み取りにくいが、雪宥も蒼赤たちと毎日顔を突き合わせ、経験を積んでいる。

雪宥は慌てて笑顔を作った。全員が笑っているのに、自分だけ足並を乱すわけにはいかない。

「ありがとう。おもしろい芸を見せてくれて。耳栓だったら、どんぐりとか入れてみてもおもしろいかもね」

烏天狗たちはどんぐりが好きで、酒のあてにずっと食べているから、軽い気持ちで思いついたのだが、雪宥がそう言った途端に天狗たちは静まり返った。

天狗たちが石像のように固まっているので、雪宥も固まった。

やがて、「ど、どんぐりを、耳に入れるなど……」、「なんと残酷な……」、「恐ろしや……、お優しい伴侶さまと聞いていたのに……」という不穏なざわめきが雪花の間をさざ波のように流れていった。

正気に戻った雪宥は、頼みの綱の剛籟坊を見上げた。

一発芸で笑っていた彼も、虚を衝《つ》かれたような顔で雪宥を見つめていたが、すぐに安心させるように雪宥に笑いかけ、ざわざわしている天狗たちにも声をかけた。

「俺の愛しい伴侶は、まだ人間の習性が抜けきっていないのだ。たまに信じられないようなことを言うが、転成直後と思い、大目に見てやってくれ」

「剛籟坊どんのしつけが悪いんじゃなかか?」

剛籟坊の取りなしに、凜海坊が厳しく応じる。

「たしかに俺が悪い。だが、雪宥が可愛すぎて、ついつい甘やかしてしまうのだ。凜海坊どのならわかるだろう?」

「うむ。わかる。おいどんも甘やかしてしまう。間違いなしか」

「もう、すっぐにデレデレしちまって、おっさんは駄目だなぁ」

慈栄坊が突っこむと、天狗たちは笑いだし、宴会に楽しい空気が戻った。

雪宥は笑みを張りつけ、二度と余計なことは言うまいと決意していた。まさか、天狗との感性の違いがこんなに大きいとは思わなかった。

一番ショックだったのは、剛籟坊とも大きく外れていたことだ。

しかし、舌で耳栓をするのが死ぬほどおかしいのに、どんぐりを耳に入れるのは大天狗でさえ引く残酷な所業だなんて、どれだけ考えても意味がわからない。

笑いのツボは人によって違う。いつか神通力が使えるようになり、天狗としての自覚ができても、このネタで笑える自信はなかった。

こんなことで本当に剛籟坊の伴侶としてやっていけるのだろうか。

思わぬところから湧いて出てきた不安に、雪宥の頭は塗りつぶされた。口に張りつけた笑みはそのままに、眉間《みけん》に皺《しわ》が寄ってきて、笑っているのか怒っているのか、よくわからない顔になっている。

「気にするな。お前が残酷だなどと俺は思っていない」

「あ、うん……。ありがとう」

剛籟坊の優しい慰めも、雪宥の心を軽くしてはくれない。

「お前が本気でどんぐりを入れろと言ったのではないことも、俺にはわかっている」

「そ、そう……?」

ちょっと本気が入ってたとは、口が裂けても言えなくなってしまった。小さめのどんぐりなら、押しこめば入りそうな気がしたのだ。

「冗談を真に受けるのは、天狗たちの悪い癖だ。気を悪くしないでくれ」

「……。うん、気にしてない。俺もおかしなこと言って悪かったよ。ごめんね、剛籟坊に恥を掻かせて」

剛籟坊の的外れな慰めが延々とつづきそうだったので、雪宥は自分の非を認めた。

これは、剛籟坊のために乗り越えなければならない試練なのだ。宴が終われば、蒼赤にレクチャーしてもらい、天狗の感性に近づく努力をしよう。そう思った。

今回のように、剛籟坊を入れて大天狗が九人も揃い、主従入り交じっても許される大きな宴はそう何度も開催されないだろうが、センスを磨いておくのは悪くない。

部屋の後ろのほうでまた頭から花を咲かせていた東犀坊が、雪宥にも見えるくらいはっきりと白い歯を見せて大声で言った。

「こんなに楽しい宴は初めてだ。またこうして集まろうじゃないか!　次は伴侶どのがややこを産んだときだな!」

「それがいいぜ。で、ややこはいつ産むんだっけ?」

「今すぐ剛籟坊どんに仕こんでもらうとよか！」

ややこはまだ産ませられないと言った昨日の剛籟坊の説明を忘れてしまったのか、酔いで記憶から飛んでしまったのか、大天狗たちは好き勝手に騒いでいる。

最高潮に酔っているだろうから、今しゃべっている内容も、明日には忘れているだろう。きっと忘れている。忘れているに決まっている。

剛籟坊と目を合わせ、苦笑いを浮かべながら、雪宥は明日もつづく宴を思い、胸のなかでため息をついた。

4

宴が終わりを告げ、不動山と天狗館はようやくいつもの落ち着きを取り戻した。

いろんなことがあった三日間だった。他山の大天狗たちにきちんと対応できるのか、伴侶として認めてもらえるのか、心配は尽きなかったが、最終的にはうまく運んだのではないかと思う。

大天狗たちは次回の宴——雪宥がややこを産んだとき——を勝手に約束し、上機嫌で帰っていった。次回を期待しているのだから、今回も満足してくれているのだろう。

それぞれ個性的で、妬みによる剛籟坊への意地悪や、無邪気なセクハラ発言には悩まされたものの、総じて陰湿な部分を感じさせない大天狗たちだった。

といっても、大勢の前で緊張しっぱなしだったので、大天狗たちが去ったあとは気疲れで寝こんでしまった雪宥である。

しかし、心配のあまり枕《まくら》元に座って動かず、雪宥の寝顔をずっと見つめている剛籟坊の視線にうんざりし、翌日には早々に床を払った。

「剛籟坊と暮らすようになって、天狗の世界にも慣れてきてさ、たいがいのことには驚かないようになったと思ってたけど、まだまだだったね」

元気になったアピールのため、座敷でストレッチ運動をしながら、雪宥は言った。

貞操帯は御役御免となり、三日ぶりに解放された股間がスースーして心もとない。しかし、自ら進んであれを装着したいとは言いだせなかった。

単衣《ひとえ》の裾が広がって脚が露出しないように、立ったまま上半身を中心に動かす。不老不死の肉体にストレッチが有効かどうかは不明だが、緊張で凝った筋肉が伸びて心地よくなっていく実感がある以上、効いていると考えられる。

剛籟坊はそんな雪宥を興味深そうに見つめていた。

「なにに驚いたんだ？」

「おもに、火を噴いたり、熱した鉄を手摑みした挙句に、捏ねて食べたりしたあたりかな。神通力でなんでもできるのはわかってたけど、まったくの予想外だった」

烏天狗の耳栓一発芸事件は、それ以上の鮮明さで雪宥の心に刻まれつづけるだろうが、剛籟坊には言えなかった。

あのときの愕然《がくぜん》とした剛籟坊の顔を思い出せば、剛籟坊の心にこそくっきりと刻まれてしまったかもしれない。残忍な発言をした雪宥が。

「高徳坊どのは、熱した鉄を飲むのが得意だぞ。大鍋を一気飲みだ。今回は若い慈栄坊に花を持たせたのだろう」

両手を上に上げ、真横に身体を倒して脇腹を伸ばしていた雪宥は、そのまま固まった。

あの世にも美しく上品な高徳坊さまが液体にまで溶けた熱い鉄を、大鍋《おおなべ》抱えて一気飲みするなんて信じたくない。

「……な、内臓が焼けたりしないの？」

「焼けるが、治る」

「もしかして、剛籟坊もできるとか？」

「やろうと思えばな。見せてやろうか？」

「見たくないです」

雪宥は断固として言いきった。

「そうか……」

見せ場をひとつ失ったような、残念そうな顔をするのはやめてほしい。そのパフォーマンスによって、剛籟坊への愛が減りはしないが、増えもしない。

だいたい、食べたり飲んだりした鉄は、身体のなかでどうなっているのだろう。吸収され、神通力の一部となるならそれは。

「て、鉄分補給……！」

サプリメントにしては大胆すぎる摂取方法だが、理解できないこともなかった。鉄の行方を気にしないためにも、そういうことにしておいたほうがいい。

雪宥は反対側の脇腹も伸ばし、最後に肩と首をまわしてストレッチを終えた。

剛籟坊が両手を差しだすので、おとなしくそこに収まりにいく。笑いのセンスが天と地ほど違っても、ここは雪宥が一番安心できる場所だ。

胸元に懐き、猫のように額をぐりぐり擦りつければ、剛籟坊も雪宥の頭に顎の先を擦りつけてくる。

二人してじゃれ合ったあと、剛籟坊が雪宥の髪に指を絡めながら言った。

「疲れが癒《い》えてからの話だが、お前に御山を案内してやりたいと思っている」

「本当？　行きたい！　疲れなんてもうないし、今からでも行けるよ」

雪宥はぱっと顔を輝かせた。

室内のケージ暮らしだった仔犬が、ようやく外へ散歩に連れていってもらえるようなものである。

「二日ほどかけて、御山の美しいところを見てまわるつもりだ。館には戻らず、東と南の間にある屋敷で休めば、お前の気晴らしにもなるだろう」

「それって、剛籟坊と二人きり？」

「そうだ。御山をまわるのに、供はいらん」

剛籟坊による不動山観光ツアーなんて、楽しくてたまらないだろうと思っていたら、供なしの二人きり、それも外泊と聞いて雪宥は舞い上がった。

初めてのお散歩どころではない。

一昨日《おととい》までのお披露目の宴は、結婚の披露宴のようなものだった。となると、今回提案された旅行は、新婚旅行も同然ではないか。

「一泊するんだから、もう旅行だよね。嬉しい……!」

雪宥ははしゃぎ、剛籟坊の膝の上で身を捩《よじ》った。膝から落ちそうになると、剛籟坊がしっかりと抱き寄せてくれる。

まさか剛籟坊のほうから、こんな提案をしてくれるなんて思いもしなかった。そもそも、剛籟坊と二人で出かけるという発想がなかった。剛籟坊にもなかっただろう。

彼がこの旅行を思いついたきっかけはなんだったのか。それが知りたい。

「俺が完全に天狗に成ったから連れていってくれるの? それとも、俺が出歩いてもいいくらいに御山が鎮まったから?」

剛籟坊は雪宥の前髪を掻きわけ、額に口づけながら言った。

「どちらもそうだが、それだけではない。正直なところ、お前を誰にも見せず、箱庭に閉じこめておきたい気持ちは、お前が転成した今も変わっていない。それでも、俺はお前を喜ばせてやりたいと思っている。いつも笑っていてほしいし、幸せであってほしい。機嫌が悪いときのお前も手がかかって可愛いが、機嫌がいいときのお前を見ていると俺も嬉しくなる。もし山など見たくないと言われれば、べつのことを考えるつもりだった」

「俺が喜びそうなことを、考えてくれたんだ……」

「ほかにも希望があれば言ってくれ。すべては叶えられないかもしれないが、考慮する」

「今回ので充分だよ」

雪宥はなんとか、それだけを答えた。

きっかけは雪宥への愛情だった。剛籟坊があまりにも雪宥のことばかり、親身になって考えてくれるので、胸が苦しかった。

自分が、彼の大きくて細やかな愛情を一身に受けるに値する存在かどうか、自信が持てなくなる。雪宥の自己評価は人間だったころも、伴侶になってからも低い。

雪宥も剛籟坊のために、なにかしたかった。彼が喜ぶこととはなんだろう。雪宥が楽しくしていれば剛籟坊は嬉しいと言っているが、それでは駄目だ。

剛籟坊が考えてくれたように、これからも考えつづけてくれるように、雪宥も同じことを返したい。

剛籟坊に喜びと幸せを。

ぱっと雪宥の頭に浮かんできたのは、ややこだった。

伴侶の一番重要な役割だというし、まだ雪宥自身の決心はつかないけれど、避けて通れないのもわかっている。剛籟坊だけが雪宥に気を使ってなにも言わないだけで、蒼赤はややこやややことせっついてくること、舅《しゅうと》のごとくであり、大天狗たちも雪宥が産むのを当然と考えていた。

ここは腹の括りどきかもしれない。

「剛籟坊。神通力を使えるようにするには、どうしたらいい？」

「なんだ、急に。使いたいことがあるのか？　俺に言えば、なんでもしてやるぞ」

「そうじゃなくて、ややこを産むには神通力を使いこなす必要があるって言ってたから、修行とかしたほうがいいのかなと思ったんだ。剛籟坊は早く欲しいよね、ややこ」

「それほどでもない」

「……えっ？」

括らねばならぬと思いつつ、括りきれない腹に四苦八苦していた雪宥は、剛籟坊の返事にぽかんとした。

わりとあっさり、迷いもなく答えていたが、本心だろうか。

剛籟坊は雪宥が怖気づいていることをよく知っているから、負担に感じる言い方を絶対にしない。ありがたいけれど、剛籟坊が雪宥を思いやるあまり我慢をしているのなら、それは不公平というものだ。

「いつかは産ませたいと思っているが、急いではいない。ややこを産むためだけに神通力の修行をすると言うなら、しなくていいと俺は言う。お前に無理をしてほしくない」

「無理をするっていうか、そりゃややこを産むのは怖いけど、剛籟坊のためなら頑張れると思う。剛籟坊に産んであげたいって気持ち、俺にもあるよ」

「その気持ちはとても嬉しい。できれば俺は、俺のためではなく、お前が自然に心から産みたいと思う日が来ることを願っている」

「そんなこと言ってたら、何十年も待たされるかもしれないよ」

剛籟坊の幸せを考えてややこという結論に至ったのに、雪宥は自己愛に走ったことを口走ってしまった。結局、産むだけの覚悟が決まらない。

「問題ない。お前の転成がやっと終わり、無事に天狗となったのだ。ややこを産んだら、お前はややこにかかりきりになるだろうし、それは俺も寂しい。俺はお前としばらく二人きりで過ごしたい。呆れたか？」

「なにに？」

雪宥は首を傾げた。自分勝手な雪宥に剛籟坊が呆れこそすれ、雪宥が剛籟坊に呆れるところなどなかったはずだ。

「お前のすべてを独り占めして、俺の息子《むすこ》とも分け合いたくないと思っているからだ」

「それを聞いて嬉しく思う俺はどうなるの？　俺の全部はいつだって剛籟坊のものだよ」

「可愛いことを言う」

剛籟坊に抱き締められ、抱き返しながら、雪宥は複雑な気持ちだった。

ややこを産むまでの猶予期間が、雪宥が考えている以上にもらえたこと、それを嬉しく思ってしまったことへの自己嫌悪、剛籟坊への感謝と申し訳なさ。

自分の命を懸けてでも、剛籟坊のややこを産みたいと決意するのは、どんなときなのだろう。考えてもわからず、そんなときが来るのかどうかさえわからない。

「ごめんね、剛籟坊」

「なにがだ?」

「してもらうばかりで、なにもできなくてごめんなさい」

「馬鹿なことを言うな。お前がいてくれるだけで、俺は満足している。落ちこんだ顔より、笑っているほうが好きだ。御山巡りは楽しみではなくなったか?」

「まさか! 楽しみすぎて、今日は眠れないと思うよ」

雪宥は胸元から顔を上げ、微笑んだ。

御山巡りは心の底から楽しみである。落ちこんだ顔を見せる機会などないだろうが、つねに笑顔を心がけよう。

剛籟坊に喜んでもらえるように、真心こめて尽くす。

今の雪宥にできるのは、それくらいしかなかった。


新婚旅行は三日後になり、当日の朝、期待に弾む雪宥の胸に衝撃が走った。

「うそ……」

「嘘ではない。伴侶に翼は生えない」

黙ってしまった雪宥の身支度を、蒼赤がせっせと整えている。

天狗館や箱庭は快適な温度に保たれているようで、単衣一枚で過ごしても寒いと思ったことはない。

今回は天狗館の外、それも北からまわるらしく、長襦袢《ながじゅばん》に袷《あわせ》の長着、さらには防寒用の羽織まであった。足元は足袋《たび》に草鞋《わらじ》である。

お出かけ衣装であっても、山散策の衣装ではない。

雪宥としては、剛籟坊が穿《は》いているような括袴とか、歩きやすそうな脚絆《きゃはん》とかをつけてみたかった。二日間の全行程を歩ききる体力的な自信はなかったものの、せっかくの新婚旅行なのだし、ある程度は自分の足で歩きたいと思ったからだ。

しかし、剛籟坊は雪宥が自ら山道を歩くことは許さなかった。怪我をするかもしれないのに、お前に険しい山道を歩かせるなど、誰が許しても俺が許さん、と言うのだ。

よって、歩きやすい恰好をする必要はなくなり、草鞋も粘ってなんとか了承してもらったのである。

不死になった雪宥は怪我をしたってすぐに治ってしまうのに、呆れるほどの過保護だ。

雪宥に翼が生えていれば、歩く歩かせないで揉めたりせず、剛籟坊と一緒に飛んでいけたかもしれない。それは雪宥の憧《あこが》れでもあった。

鳥のように二人、風に乗って大空で戯れるのはどんなに素敵だろう。

剛籟坊にしっかりと抱かれた状態でも、空を飛ぶのは怖くてあまり好きではないけれど、自分で飛ぶなら、恐怖もきっと乗り越えられる。

そんなことを楽しげに語る雪宥に耐えかねたのか、剛籟坊は途中で遮り、その夢が永遠に叶わないことを告げたのだった。

信じていないわけではないが、雪宥は念を押した。

「絶対に生えないの？　剛籟坊の力でも無理？」

「無理だ。飛行術を覚えれば、神通力で飛ぶことはできるが、翼は持って生まれた、一度きりのもの。そう思って諦めてくれ」

「……わかった。がっかりだけど、じつはそんな気がしてないこともなかったんだよね」

飛行術という新しい言葉にはあえて反応せず、雪宥はため息ひとつで割りきり、気を取りなおして言った。

以前、天佑坊、泰慶《たいけい》、広法《こうほう》という剛籟坊に逆らおうとした天狗たちの翼を、剛籟坊は奪った。

そのときにも、翼は二度と生え変わらないと聞いていたから、もともと持っていなかった雪宥に、新しく翼が生えてくる可能性は五分五分。いや、正直なところ、八対二くらいで分が悪いと思っていた。

うすうす駄目だと予感がしていても、希望を捨てられなかったのは、剛籟坊の翼が素晴らしすぎるせいだった。広げられた真っ白な翼が朝日を浴びて煌めき、夕日を帯びてオレンジ色に染まる様は本当に美しくて、自分もあんなふうになれたらと、期待せずにはいられなかったのだ。

雪宥がよほど残念そうに見えるのか、剛籟坊は彼のせいでもないのに、すまなさそうな顔をしている。

「飛行術のほかに、変化術を覚えて鳥の姿に変化すれば、翼を広げて飛ぶことができる。そのときは俺もお前と同じ鳥になって、空を翔けよう」

「くっ……」

真っ先に感涙に噎《むせ》んだのは、蒼赤だった。なんとお優しい剛籟坊さま、などと芸達者にも嘴を細かく震わせて呟いている。

雪宥も剛籟坊の優しさには感じ入ったが、べつに鳥になってまで翼持ちの夢を叶えたいわけではない。

それに、飛行術も変化術も習得するのは大変そうだ。逃避とわかっていても、神通力のことは、あまり考えたくなかった。

「鳥は遠慮しとく。自分で飛べないなら、剛籟坊に抱かれて飛ぶのが一番だよ」

雪宥がそう言うと、剛籟坊も頷いた。

「そうだな。それが一番いい」

「お待たせいたしました。雪宥さまのお支度が整いましてございます」

「ありがとう、蒼赤」

自分の世話をしてくれる烏天狗を、雪宥は労った。単衣や浴衣《ゆかた》なら一人でも綺麗に着られるようになったが、重ね着でお出かけ衣装となると、蒼赤の手助けなしには無理である。

「では、行くか」

厚着をするでもなく普段どおり、山伏の格好をしている剛籟坊は、雪宥をひょいっと抱き上げ、部屋から露台に出た。

天狗館は断崖絶壁の上に建っていて、主のみが出入りできる六階の露台のはるか下には海が広がっている。

すでに露台に控えていた白翠が差しだした錫杖《しやくじよう》を、剛籟坊は無造作に受け取った。雪宥を支えるのに片手しか使っていないわけだが、うっかり落とされそうな危険性は感じない。

室内にいるときはしまいこんでいる大きな白い翼が、バサッという音とともに魔法のように出現した。何度見ても、見惚れてしまう。

蒼赤が白翠の横に並び、膝をついてかしこまった。

「行ってらっしゃいませ。無事のお戻りをお待ちしております」

「うん。行ってきます。お土産《みやげ》話、持って帰ってくるからね!」

雪宥の元気な声とともに、剛籟坊が力強く羽ばたいた。浮き上がる瞬間が一番苦手だが、美しい両翼を見つめていれば、耐えられる。

ぐんぐんと露台が遠ざかり、蒼赤と白翠が豆粒になっていく。

剛籟坊の飛行の邪魔にならないよう、雪宥はできるだけ小さく縮こまった。風に乗ってしまうと羽ばたきは少なくなる。広がった翼は風を含み、末端の羽の先までピンと伸びていて美しい。

飛んでいる時間はさほど長くなかった。

剛籟坊が翼をたたんで降り立ったところは、不動山の北側である。森が深くて、見渡すかぎり薄暗い。鳥の鳴き声も聞こえず、風に揺れて葉の鳴る音が聞こえるくらいだ。

「寒くないか？」

「大丈夫」

言いながら、雪宥は剛籟坊の首に巻きつけた腕に、力をこめた。

飛んでいるときは風の抵抗を受けるし、ここは日の当たらない場所で肌寒さは感じるが、こうして剛籟坊にくっついていれば温かい。

剛籟坊は雪宥を抱いたまま高足駄で身軽に道なき道を歩き、樹齢数百年の樹を見せてくれたり、地殻変動で海底から押し上げられてきた珍しい岩が露出している場所に連れていってくれたりした。

岩の前で下ろしてもらい、悠久を感じさせる自然の神秘に雪宥は見入った。

この岩は、この山に不動山という名前がつく前、天狗たちが棲みつく前からここにあったのだ。そして、今立っている場所は、遠い昔には海底だった。

かつて海中を泳ぐ魚を見ていた岩が今、天狗を見ている。

「すごい。……なんか、すごいとしか言えない」

思わず零した自分の感想があまりにも単純で恥ずかしくなり、もっと素敵な言葉に言いなおそうとしたものの、結局思い浮かばなかった。

雪宥は照れ笑いを浮かべ、隣に立つ剛籟坊を見上げた。高足駄のぶん、いつもより背が高く、顔の距離が遠い。

「不動山には俺の知らないことがいっぱいあるんだなぁ。当然だけど」

もともと、雪宥は不動村から入る、土岐家がアマツユリを供えていた天狗の祠《ほこら》までの道しか知らない。道といっても、知っている者でないとわからないくらいの細い道で、村人でさえ、山には入ろうとしなかった。

天狗伝説の残る山だから、村人が敬遠していたのと、人を寄せつけまいとする天狗の拒絶を無意識に感じ取っていたせいではないかと、今では思っている。

「人間だったのだから仕方がない。すべてを知っているのは天狗か、御山に棲む動物くらいだろう。ここは人が登るには険阻な山で、だからこそ、人に荒らされずにすんでいる」

景観がよかったり、登山家が極めてみたいと闘志を燃やしたりする山だと、人の出入りも激しくなって、結界で拒むのも限界となり、古来山に棲んでいた天狗たちが移動を余儀なくされたこともあったのかもしれない。

生まれ育った棲みかを失い、不動山にやってきた烏天狗たちもいる。不動山の厳しい環境には苦しめられたが、それゆえに守られてきた幸運があることも事実だった。

「俺は剛籟坊と一緒にずっとこの山に棲んでいたいな」

太古の岩に手を置いて呟けば、剛籟坊がぎゅっと抱き締めてきた。

身長差のために彼はかなり無理をして屈んでいたが、結局雪宥を抱き上げて、顔の高さを合わせた。

「俺もだ」

二人はどちらからともなく唇を合わせた。

鳥が嘴で啄《つい》ばむように、ちゅっちゅっと可愛らしい音をたてて、くっつけては離す。舌まで絡める深いキスをしたら、きっとこの場で抱き合いたくなる。

それがわかっているから、剛籟坊も軽い触れ合いにとどめているのだろう。雪宥も始まったばかりの旅行を、まだまだ楽しみたかった。

「次はどこ？　秘境不動山の名所を、全部教えてくれないと」

「任せておけ。すべてまわりきれなかったら、また来ればいい」

意気揚々と剛籟坊は歩きだした。

焦らなくてもいい道行である。寄り道をし、じっくり見たいところには時間をかけて、雪宥は不動山のあるがままを目に焼きつけた。

樹木の名前や、それになる花、実のことなどを教えてもらいながら歩いていると、不意に木々が途切れ、ぽっかりと開けた空間が現れた。

「湖……こんなところに」

雪宥は我知らず呟き、深く青い湖面に見入った。

山間に湖があるなんて、思わなかった。さほど大きくはないが、中央右寄りに瓢簞型《ひょうたん》の小島が浮かび、一本の松の大木が威厳たっぷりに枝を広げ、風情をつけ加えている。

「ここは俺も気に入りの場所だ。夜に来ても美しい。満月の夜ならとくに」

そうではないかと雪宥が思っていたことを、剛籟坊が言った。

「今夜は満月じゃないの?」

「違う」

「じゃあ、満月の夜にまた連れてきてほしい。こうして離れて見てるのもいいし、小島まで飛んでもらって、松の木の下で二人でお酒を飲むのもいいかも」

「湖に小舟を浮かべて、そこで飲むのはどうだ」

「それがいい!」

思わず雪宥ははしゃいだ声を出したが、この静謐《せいひつ》な空間を自分の無粋な声で乱したくなくて、トーンを落とした。

「こないだ初めて飲んだけど、剛籟坊が作ってくれたお酒、本当においしかった。そのあと、ほかのお酒もみんなに注がれてどんどん飲まされて、味もわからなくなっちゃったから、今度はゆっくり味わって飲みたいな」

「お前が酔っぱらうところも見てみたい」

「どうなるのかな。赤くなってふらふらになるか、寝ちゃうか。もしかしたら大虎になって暴れるかも。大虎になった俺でも、好きでいてくれる？」

「お前が暴れたって、仔猫にしかならん。手懐けて、音をあげるまで可愛がってやる」

「……！」

雪宥はたまらず、剛籟坊の首にしがみつき、頬に鼻先を擦りつけた。いともたやすく手懐けられ、音をあげるまで可愛がられる自分を想像してしまったのだ。

できれば、音をあげても許さず可愛がりつづけてほしい。雪宥のいやだやめては、お願いもっとしてと同じ意味だということくらい、剛籟坊はとっくにお見通しだろうが。

「こら、もう少しおとなしくしていろ。でないと、ここで可愛がってしまうぞ」

剛籟坊こそ、もう少し台詞を考えたほうがいいと思う。そんな言い方をされて、その気にならないほうがおかしい。

「……いいよ。ここでも」

観光を楽しむより、剛籟坊を楽しみたくなってしまった雪宥は、鼻先どころか、身体全体を剛籟坊に擦りつけた。

屋外での交わりは初めてではない。大空や地面を見ながら、剛籟坊とひとつになるのは好きだ。自分が自然の一部になった気がする。

しかし、裾が開くのもかまわず、大胆に脚を絡め始めた雪宥を、剛籟坊が押し止めた。

「いや、やはり駄目だ。ここでは誰に見られるかわからんからな。少し早いが、今夜泊まる屋敷へ行こう」

「え……？　だ、誰に？　見られるかもしれないって、誰かいるの？」

「狐《きつね》とか熊とかだ」

「……」

雪宥は一瞬きょとんとし、やがて笑いを堪えた。

剛籟坊の性格からすると、遭遇する相手が野性動物だった場合、見せつけてやろうと開きなおるか、神通力を使って追い払いそうなのに、自ら見られない場所へ移動するとは意外だった。動物の視線を気にする剛籟坊が、なんだか可愛らしい。

「なにを笑っている。屋敷へ行くのはお前のためでもあるんだぞ。俺は見せたくないが、お前だって見られたくないだろう」

「あ、うん。そうだね。ありがとう」

どこかぶすっとした声がまたおかしくて、礼を言いながらも雪宥はくすくすと笑いつづけた。

狐や熊が襲ってこないのなら、見られてもべつにかまわない、というのが雪宥の気持ちだったが、剛籟坊の好意は素直に受け取りたい。

目的の屋敷は不動山の東南の位置にあると聞いている。

本当は歩いてのんびり向かう予定だったらしいが、剛籟坊は翼を広げて宙に舞い、一飛びで到着した。

屋敷はこぢんまりしていて、部屋がふたつと風呂《ふろ》があるだけの簡素な作りだった。

「わぁ！　小さくていい感じ」

抱き合いたくてここに急いだのに、雪宥は初めて目にする屋敷に興味を奪われ、剛籟坊の腕から下りると隅々まで見てまわった。

一番気に入ったのは風呂場だ。屋根と洗い場のついた檜《ひのき》風呂と、その奥に一枚の巨大な岩をくり抜いて作った露天の岩風呂がある。

「今から入るか？」

「いいの？」

「かまわん」

剛籟坊の鷹揚《おうよう》な返事に笑顔で返し、雪宥はいそいそと羽織を脱いだ。厚着に手間取っているると、剛籟坊が手伝ってくれた。

先に入っていろと言われたが、そんなことはできなかった。剛籟坊が脱ぎ去っていく着物を受け取り、軽くたたんで横に置く。

ここには、剛籟坊と雪宥の世話を焼いてくれる烏天狗たちは一人もいない。すべて自分たちでやるしかなく、こうしていると剛籟坊の伴侶になったのだと改めて感じられた。

裸でやらねばならないのが恥ずかしいが、脱いでしまったのだから仕方がない。

見事な体軀《たいく》を曝けだした剛籟坊に手を引かれて浴室の戸を開ける。檜のいい匂いが鼻をくすぐった。

屋根はあるが屋内ではないので、ときおりひんやりとした風が流れ、夕方の近づいた午後の日差しが明るく差しこんでいる。

二人は檜風呂で身体を温めてから、仲よく互いの背中を流し合い、露天に出て岩風呂に身を沈めた。

「気持ちいい……」

雪宥はうっとりと呟いた。

ずっと剛籟坊に抱かれていたので肉体的な疲労はないが、さして疲れていなくても、露天風呂は入ると自動的に気持ちよくなるのだ。

景色もよかった。湯けむりの向こうには大空が広がり、馬の背のようななだらかな緑の尾根がつづいている。

「露天もいいな。明るいとお前がよく見える。箱庭の屋敷にも作ろうか」

剛籟坊がじろじろと雪宥を眺めながら言う。

箱庭の屋敷の風呂は露天ではない岩風呂だ。明かりを灯《とも》してあっても内部は薄暗いので、この明るさが珍しく感じるのだろう。

「こういうのは、たまにだからいいんじゃない？　それに、俺の身体なんて、風呂じゃなくてもよく見てるだろ」

「それはそうだが、場所が変わると違って見える」

剛籟坊の手が伸びてきて、雪宥の頭を撫で、耳の後ろを通り、首筋を下りて湯のなかに入り、胸元の小さな突起をそっと撫でた。

雪宥は目を閉じ、彼の好きにさせた。湯は透明だから、軽い刺激ですぐに尖《とが》ってしまう乳首を隠すことはできない。

期待とは裏腹に、剛籟坊の指は乳首を離れ、腕や脇腹、太腿など手当たり次第に撫でまわした。じれったくて腰を捩れば、ゆらゆら揺れる下生えを引っ張られた。

瞼を押し上げると、目の前に剛籟坊の顔があって驚く。

「焦れている顔も可愛いな」

かっと頬が火照るのがわかった。

どうやら表情を観察されていたらしい。雪宥にとっては意地悪をされているのだが、剛籟坊にそんなつもりはない。

彼はただ、雪宥の焦れた顔を可愛いと思い、それが見たいだけなのだ。

「わかってるんなら、ちゃんと触ってよ」

「拗ねると唇が尖る。口づけてほしいのかと勘違いしそうになる」

雪宥は自然に尖っていた唇をさらに突きだし、剛籟坊の唇に押しつけた。

「……勘違いじゃない。早く触って。触ってくれないと……」

「くれないと？」

「俺が剛籟坊を触る」

湯の下で忍ばせておいた手で、剛籟坊の性器をいきなりぎゅっと握ってやれば、剛籟坊は驚いた顔をした。

雪宥が自分から剛籟坊のものに触れることは、あまりない。剛籟坊に抱き締められ、濃厚な愛撫を受けて夢中になっているうちに、剛籟坊自身は勝手に硬くなって、雪宥のなかに入ってくる。

こうして一緒に風呂に入り、身体を洗い合うときでも、剛籟坊は雪宥の全身に触れて洗うのに、雪宥が剛籟坊を洗おうとすると適当に流され、一人でてきぱきとすませてしまう。

とにかく雪宥に触れているのが好きで、奉仕をしてくれと頼むこともない。そんな剛籟坊だが、これは悪くなかったらしい。

「それから?」

先を期待して欲情を宿した目で訊いてきた。

ほんの思いつきにしては、いい線をいっているようだ。これを握られるのが嫌いな男は、そうはいまい。

雪宥は身体を剛籟坊のほうに向け、太い肉茎をゆったりと擦り始めた。

「触るだけじゃないよ。こんなふうに、いっぱい擦ってあげる。……気持ちいい?」

「ああ」

手のなかのものが大きく硬く育ってくると、雪宥の手の動きも速くなった。根元から上まで上下に扱《しご》き、親指で括《くび》れを弾《はじ》くように擦り上げ、先端をくるくると撫でまわす。

ぬるりとしたものが小さな穴から滲みでてきたのを、親指の腹で感じた。

「濡れてきた……。熱くて、どくどくって脈打ってる」

「お前が弄っているからな」

剛籟坊が雪宥の肩に額をくっつけた。顔は見えないけれど、掠れた声と膨らんだ性器の状態で興奮しているのは明らかだ。

「俺、もっと剛籟坊を気持ちよくさせてあげたい。だから、な……舐めても、いい?」

肩にもたれた剛籟坊の呼吸が、一瞬止まった。

しかし、彼はなにも言わず、雪宥の唇に軽く口づけ、岩風呂の縁に腰かけた。湯で濡れた肉体が、日差しを浴びてきらきらしている。

その股間で、そそり立った肉棒が揺れていた。

「……おっきい」

雪宥は剛籟坊の脚の間に入りこみ、膝立ちになってうっとりと見つめた。これが雪宥のなかに毎日入り、激しく動いて、気持ちよくさせてくれるのだ。

根元を手で支え、舌を出して裏側を舐め上げる。湯の匂いと味がした。

剛籟坊がいつもしてくれる動きを思い出しながら、太い幹に舌を這わせ、唇を開いて先端から含みこむ。

「……ん、んむぅ」

大きいので、半分も入らない。雪宥はそのぶん頑張って舌を元気よく動かし、唾液を啜るように吸い上げた。

剛籟坊の味を舌に感じて嬉しくなる。熱心にしゃぶり上げれば、屹立《きつりつ》はさらに張って硬くなり、広くはない口腔を圧迫した。

顎が疲れてくると外に出して、両手で扱いてあやす。唾液で濡れそぼったそれは、くちゅくちゅと卑猥な音をたてた。

もう一度口に含もうとしたのを、止めたのは剛籟坊だった。

雪宥に握らせた手の上から彼自身を片手で摑み、もう片方の手で雪宥の肩を押さえると、彼はあろうことか、それを雪宥の乳首に擦りつけた。

「やっ！　あ、あぁ……んっ」

まったく予期しなかった刺激に雪宥は喘ぎ、後ろに仰け反ろうとしたが、肩を摑んだ剛籟坊の手に阻まれた。

「ほとんど触っていないのに、硬くなっているな。俺のを舐めて、興奮したか？」

「あぅっ、だめ、それ……、いや……っ」

つるつるした先端で捏ねまわされたと思ったら、えらの張ったところで、ぴんっと弾かれる。右も左も同じように弄《もてあそ》ばれた。

「見てみろ。真っ赤になって、よく転がってる」

低く掠れた声に唆され、閉じていた瞼を押し上げて胸元を覗いた雪宥は、耳まで赤く染めた。

指で摘《つま》まれたり、歯で甘く嚙まれたりしたほうが、快感は強いのかもしれない。だが、怒張した男根に、硬く尖った乳首が嬲《なぶ》られているさまは、視覚的に一番恥ずかしい。

自分の手で握ってもいるので、まるで自ら望んでそうしているようにも見える。

「だめ、んんっ、だめ……っ」

雪宥は喘ぐ合間にうわごとのように駄目を繰り返したが、目は逸らせなかった。恥ずかしいのに、見てしまう。横になぎ倒されるのも、上から押しつぶされるのも、気持ちがよくてたまらない。

左右に移動するときには、乳首と剛籟坊の肉棒の間を、透明な先走りの糸がつないだ。上から押さえて操っていた剛籟坊の手が移動し、根元のほうへずれたので、雪宥は熱く脈打つそれから手を離した。

剛籟坊は陰茎をおもちゃのように前後に振って乳首を叩いたり、左右に振って速いスピードで擦ったりする。

「ああっ、やっ……」

こんなやり方は初めてだった。驚く余裕もなく、急速に高まっていく性感に抗《あらが》うすべは、雪宥にはない。

雪宥自身はすっかり勃起して湯のなかで泳ぎ、腰の奥が重く疼《うず》いている。

剛籟坊の源になる精を、湯に放ってしまうわけにはいかないから、痛いほど張りつめている己が性器の根元を指で戒めた。

「や、だ……擦らない、で……。そんなに、ころころ……しないで」

雪宥が泣くように訴えると、剛籟坊はいっそう激しく肉茎を動かした。括れの段差がもたらす刺激は、いまだかつて味わったことのない新しい愉悦である。

「お前の乳首は気持ちがいい。舌で舐めるのも、指で転がすのも好きだが、これはいい。気に入った」

剛籟坊は悦に入っているようだ。

そんなことを言われたら、黙ってやりたいようにさせるしかないではないか。雪宥が気持ちいいだけでなく、剛籟坊も同じように気持ちいいと言うのなら。

「ん……んっ、あ、あっ！　もう……いく、いきたい……っ」

切羽つまってきて、限界を口走った。乳首のみを弄り、精を出さずに達することができる身体にしたのは剛籟坊である。

「いいぞ。ちゃんと見ていてやるから安心しろ」

「いやだ……！　見るの、だめっ、んん……っ！　やっぱり、いきたくない……、やだっ、いやぁ……っ！」

ぐりっ、と一際強く乳首を抉られて、雪宥は喉を曝して仰け反った。

絶頂感が背筋を駆け抜け、びくんびくんと数度身体を痙攣《けいれん》させる。精液は漏らさないように根元で戒めていたけれど、少し出てしまったかもしれない。

膝が崩れ、湯のなかでふらふらしている雪宥を、剛籟坊が抱き起こした。火照った身体に風が当たり、冷えていくのが心地いい。

「可愛い顔だった。夕日に照らされて、よく見えた」

どんなにいやがっても、達しているときの顔を見て褒めるのは、剛籟坊の癖だった。我を忘れて悶え、大声で叫んだり、奥歯を噛み締めたりしているので、可愛いわけはないと思うのだが、剛籟坊には独特の感性があるようだ。

「大丈夫か？」

「うん……」

雪宥は息を整えながら頷いた。

達したとはいえ、性器は勃起したままだし、天を衝いている剛籟坊自身を、早く自分のなかに収めたくて仕方がない。

岩の縁に腰かけていた剛籟坊は、自分の膝に雪宥を同じ向きで跨《またが》らせた。雪宥の背中と剛籟坊の胸がぴたりと張りつく。

大きく開かされた両脚の間で、充血した若茎が湯ではないもので濡れそぼっていた。

剛籟坊は太腿の内側や脚のつけ根を優しく撫でてから、その奥にある窄まりに指先を伸ばした。

ずっと湯に浸かっていたせいか、そこはすでに柔らかく、剛籟坊の長い指を二本、三本と呑《の》みこんでいく。指も束ねれば太くはなるけれど、肉棒の重々しさ、逞《たくま》しさや熱さには遠く及ばない。

「ふ……ぅ、もう、欲しい」

背後を振り返って雪宥がねだれば、剛籟坊はすぐに指を引き抜き、雪宥の腰を両手で持ち上げると、屹立の上に下ろしていった。

ぬるぬると滑って何度か切っ先が逃げたが、慣れた後孔はそれを逃がすまいとして、自ら吸いついていく。重みにあと押しされ、雪宥は少しずつ剛籟坊を呑みこんでいった。

狭い道を、太いものが押し広げながら進んでくる。

「……ん、はぁ」

ようやくすべてが収まると、ほっとして大きく息を吐いた。

愛しい男のものだ。馴染んできた肉襞が我先にと剛直に絡みにいき、きゅうきゅうと締めつける。

「ああ……、いい子だ」

感じ入った低い声を耳に吹きこみ、剛籟坊がとん、と後ろから突き上げてきた。

「あっ！」

雪宥は目を見開き、縋《すが》るものを求めて両手を後ろに伸ばした。

この体勢だと、顔が見えないのでいいと思ったけれど、前には湯があるばかりで、自分の腰を支えている剛籟坊の両腕しか、摑めるものがない。

「や、や……っ、待って！　この恰好、怖い。滑りそう……あぁん……っ！」

不安を訴えている最中に強い一突きが来て、雪宥はあられもなく喘いだ。

「俺がお前を落とすものか」

剛籟坊の腰遣いが本格的になってくる。剛籟坊という椅子《いす》に、全体重をかけて座っているも同然の体位で容赦なく突き上げられたら、逃げ場がない。

雪宥の感じるところは無防備に解放され、剛籟坊の肉棒が好き勝手に擦っていくのを、なすすべもなく享受した。

「……あ、あぁ、んぅ」

強すぎる快感から逃げたくて、雪宥は自分の脚を剛籟坊の脚に絡めて安定をはかり、腰を捩って伸び上がろうとした。

しかし、小刻みに出し入れされ、ねっとりした動きでぐりぐりと捏ねまわされると、腰が砕けて脚も滑り、余計に不安定になってしまう。

「……っ！」

前のめりになったところを、剛籟坊は狙《ねら》っていたらしい。奥まで突かれた雪宥は、声もなく硬直した。

ぎゅうっと引き締まった尻に、休むことなく腰が打ちつけられる。あまりの快感に、内壁がヒクついた。

大きな律動はないが、深い挿入が多く、奥をしこたま攻められて悶える。

「あっ、あっ、あっ！」

雪宥は剛籟坊の腕に爪《つめ》を立て、首を振りたくった。髪や肌についた水滴が、ぱらぱらと散っていく。

蕩けた肉襞が信じられないほど敏感になり、愛しい男の形をはっきりと感じ取っていた。さっき、雪宥が口に含み、しゃぶったものだ。乳首を散々に擦って、雪宥を絶頂に追いやったこの逞しいもの。

胸元を見下ろせば、真っ赤になった乳首が寂しそうにぽつんと立っていた。いやらしい色をしていると、自分でも思う。

その下には腹にくっつくほどに反り返った若い陰茎。剛籟坊の動きに従って、ゆらゆら揺れている。

昂《たかぶ》りきった己が肉体を目の当たりにし、羞恥で脳が焼き切れそうになった。愉悦と相俟《あいま》って、涙が滲んでくる。

「だめ……、うぅっ、剛籟坊……っ」

「もう我慢できないか？」

「う、んっ、我慢、できない……っ、いや、我慢……やだ……ぁっ」

これ以上我慢はしたくないと訴えれば、剛籟坊の片手が雪宥の腹にまわされ、逆の手が雪宥自身の先端を包みこんだ。

いつでもここに出していいぞ、という合図である。

「あぁっ、や……いくっ、ひっ……あ、あ、あー……っ」

雪宥は絶頂の声をあげ、内部を引き絞った。この瞬間は、頭が真っ白になる。

射精が始まっても、剛籟坊は動きを止めなかった。

締めつけてくる肉襞を剛直で押し返しながら出し入れを繰り返す。そうされたほうが、雪宥が感じることを知っているのだ。

そして、雪宥の断続的な放出が終わるころ、仕上げとばかりに大きく突き入れ、彼自身も勢いよく解き放った。

「……ぁ、んっ」

熱いもので満たされていく感触に、雪宥は恍惚《こうこつ》として、また軽く達した。

身震いする身体を後ろの剛籟坊に預け、つながったまま二人で余韻を楽しむ。

剛籟坊は手のひらで受け止めた雪宥の精液を、舌で舐め取っているらしい。手についたものがなくなれば、雪宥の陰茎を扱き上げ、残滓《ざんし》を絞りだして舐めている。

「俺の、おいしい？」

「ああ。直接舐めて吸い取りたいが、もう少しこうしていたい」

「うん、俺も」

性的な満足と、精気の充実。互いに補い合えるものがある、この幸福。

生きていると、一番実感できるのはこのときかもしれない。

「お前は本当に、美しいな」

そう囁き、後ろから首を伸ばして覗きこんできた剛籟坊の目は、雪宥をというより、雪宥の輪郭を見ているようだった。

雪宥も振り返ってみたけれど、剛籟坊と視線が合わない。

「……？」

なんだろうと思い、すぐに理由に思い至った。

雪宥が自分ではとどめることのできない、神通力だ。剛籟坊が注いでも注いでも、流れてしまう。

抱かれた直後は、とくに輝きを増すのだろうか。期待せずに自分の身体を見下ろしたが、そこには満足している痩《や》せた白い肉体があるばかりだった。

肌がオレンジ色に煌めいているのは、夕日が反射しているからで、雪宥の金色に輝いているという神通力が見えているわけではない。

雪宥はしゅんとなって俯いた。

剛籟坊と雪宥はこんなに近いのに。これ以上ないほどひとつになって溶け合っているのに、見えているものが違う。

剛籟坊に見えるものが、雪宥には見えない。感じられない。

それが寂しかった。

やはり、ややこを産む、産まないにかかわらず、神通力を積む修行はするべきだろう。飛行術や変化術までたどり着くには、どれくらいかかるかわからないが、せめて神通力という力を認識し、無駄な流出を防ぐのが目下の急務だ。

今の未熟な雪宥を美しいと褒め、見惚れてくれている剛籟坊には悪いけれど。

この旅行が終わり、天狗館に戻ったら、剛籟坊に自分の気持ちを話してみようと、雪宥は決めた。

5

翌日、二人が起きたのは昼前だった。

この屋敷に入ってすぐ露天風呂で交わり、部屋に戻って交わり、満ち足りた気分で眠ったら夜中に目が覚め、夜の露天風呂を楽しんでまた交わり、もう一度眠ったのが朝方だったからだ。それも、交わりは一回ずつではない。

普段から禁欲しているわけでもないのに、箍《たが》が外れたように抱き合ってしまったのは旅行マジックというやつかもしれない。いつもと違う場所に、燃えてしまうのだ。

二人は身支度をして、一晩世話になった屋敷をあとにした。

今日は暖かい南と西をまわるので、雪宥は薄着になっている。手ぶらで来たが、屋敷には二人ぶんの着替えがちゃんと用意してあった。

昨日と同じように剛籟坊に抱かれて歩き、南の絶景スポットの大滝を見て楽しんだ。落差がかなりあり、水が流れ落ちる音が大きくて声が聞き取れないほどだった。

不動山の西の麓《ふもと》は、不動村である。久しぶりに見てみたいと雪宥は言ったが、剛籟坊は次の機会にと言って、連れていってくれなかった。

きっと、雪宥に悲しい顔をさせると思ったのだろう。

雪宥が人間界を離れて四年経った時点で見た村は、自然災害に遭い、ほとんど廃村になっていた。あれから、さらに十六、七年が経っている。台風で崩れた土岐の屋敷は、今ではもう見る影もないかもしれない。

村の様子が気にはなったが、剛籟坊に無理に頼むつもりはなかった。次の機会がきっとあるだろうから、待っていればいいのだ。

御山の名所をまわり、最後に剛籟坊が向かったのは、ご神木である不動杉の生えている場所だった。

不動杉は剛籟坊いわく、樹高四十メートル、胸高周囲十五メートル、樹齢は二千年くらいの大きな杉で、見るからに異彩を放っていた。

剛籟坊の腕から下りた雪宥は騒々しくしないよう注意して、樹のまわりを一周まわった。枝ぶりが立派で、どこか温かみが感じられるのは、天狗たちの母なる樹だからだろうか。

「不動山の天狗たちは、この樹の股から産まれてくるんだよね。産まれてきたら、天狗たちみんなで育てるって、蒼赤に聞いた」

人間の股の間から産まれてきた雪宥には信じがたい話だが、蒼赤はそうやって産まれ育ってきたのだ。

「ややこは宝だ。皆で慈しんで育てる」

「剛籟坊もここで産まれたの？」

「たぶんな」

「たぶんって？」

「さすがの俺も、産声をあげたときのことは覚えていない」

剛籟坊は本当に天狗なんだな、と雪宥は今さらなことを、身に沁《し》みて実感した。翼をしまえば人間そのものなのに、人間とは決定的に違う。

彼に抱かれ、彼と同じ種族になったという実感は、雪宥には薄かった。後天的に天狗になっても、雪宥が人間の両親から産まれたのは事実だし、天狗ならみんな背に負っている翼もない。

「ずっと不動山に？」

「いや、若いころはあちこちの山で修行を積んだ。昔は今ほど人間と天狗の垣根は高くなかったし、天狗たちもよく山を行き来していた」

天狗たちの在り方も、時代とともに変わってきたようだ。そのころに銀嶺坊と出会い、一緒に修行したりしていたのだろう。

そして、生まれ故郷に帰り、当時の主だった玄慧坊《げんえいぼう》が御山を守るのを助け、彼が寂滅したのち、主を継いだ。

「あのさ、翼の白い天狗と、黒い天狗がいるよね？　違いはなに？」

「大天狗は白い翼を持つ」

「じゃあ、剛籟坊は生まれつき、大天狗になるって決まってたんだ」

「違う。大天狗となり、一山の主となれば、翼が白くなる」

「えっ、突然色が変わるってこと？　じゃあ、剛籟坊は主になる前、黒かったの？」

「そうだ」

「うそーっ！」

　雪宥は思わず叫んだ。

　黒い翼の剛籟坊なんて、想像できなかった。山を渡り歩き、修行をしていた剛籟坊も、あの銀嶺坊も、当時は黒い翼で空を飛んでいたなんて。

「嘘ではない。お前は今の翼が気に入っているようだから、黒つ羽《ば》のころの俺を見たら、がっかりするかもしれんな」

「しないよ！　色が変わるっていうのに驚いただけだ。それに、大好きなのは、剛籟坊だからだよ。剛籟坊の背に生えてるのなら、白でも黒でも赤でもいい。俺は翼の色で剛籟坊を好きになったんじゃないからね！」

　あらぬ疑惑を払拭し、びしっと雪宥が決めると、剛籟坊は嬉しげに笑って言った。

「赤は困る」

「……だよね」

　剛籟坊はやはり、剛籟坊だった。

そんなふうに言ってくれて嬉しい、とかなんとか普通に受け答えし始めたら、それはもう剛籟坊ではないのだ。

もし、剛籟坊のそっくりさんが現れて雪宥を騙《だま》そうとしても、会話を交わせば見破れる自信がある。ちょっとせつない。

もう一度不動杉を見上げたとき、雪宥は不意になにかの気配を感じて背後を振り返った。

今まで誰もいなかったところに、着物姿の女性が一人佇《たたず》んでいた。信じられず、目を何度も瞬いたが、女性は消えなかった。

「お、女の人がいる……！」

雪宥はうろたえて、剛籟坊の篠懸の袖を握った。

天狗は不浄を嫌い、不浄を宿す女性も嫌うので、天狗の治める山は女人禁制なのだ。女性と交わったことのある男性も不浄に触れているため、山には入れない。

驚いている雪宥に、剛籟坊は女性の正体を明かした。

「当然だろう。狐だからな」

「……狐っ？」

どこからどう見ても、人間の女性である。

昨日交わした会話が、唐突に脳裏によみがえった。狐とか熊に性交しているところを見られたくないだろうと、剛籟坊は言っていた。

この女性が狐なら、絶対にいやだ。もとは野性動物だったのが、長く生きて妖力を得、変化するようになったのだろうか。

天狗の棲む山だから、妖狐《ようこ》がいてもおかしくはない。

歩み寄ってきた女性を、雪宥はぶしつけにも凝視してしまった。外見は二十代後半から三十代前半くらいに見える。

「巣穴を出ましたら、剛籟坊さまの気配を感じましたので、お邪魔と知りつつまいりました。お許しくださいませ」

妖狐の言葉遣いは丁寧で腰も低く、御山の主に敬意を払っている。

「いや、かまわん。これが俺が娶った伴侶だ。雪宥という」

剛籟坊は穏やかに返し、雪宥を紹介した。顔見知りではあるようだ。

「なんとお美しいお方。太陽のように輝いていらっしゃる。雪宥さまには、お初にお目にかかります。狐の小枝《さえ》と申します」

「こちらこそ、初めまして」

小枝と雪宥はぺこりと頭を下げ合った。

「剛籟坊さま、雪宥さまには、おくればせながらお喜び申し上げます。荒れていた御山も落ち着き、我らも安心して暮らせるようになりました。こたび、わたくしがまいりましたのは、厚かましくも剛籟坊さまとご伴侶さまに、お願いがあってのことでございます」

「なんだ」

「わたくし、ひと月ほど前に仔を産みまして、その仔らの名づけをお願いしたいのでございます。無事に産めたのも、お二人が御山を守ってくださったからこそ。なにとぞ、この小枝の願いを叶えてくださいませ」

小枝は腰を深く折って頼みこんだ。

御山が荒れていたのは、土岐家がアマツユリを供えられなくなったり、契約を雪宥の血筋に変えたりしたからで、礼を言われるとむしろ申し訳なく感じられた。

雪宥が剛籟坊の愛に気づかず、無駄にしてしまった日々にも、荒れて落ち着かない御山に天狗以外の生き物も被害を受けていたのだ。

当時は事情を知らなかったとはいえ、雪宥の胸は後悔で痛んだ。

「わかった。仔を連れてくるがいい」

「ありがとうございます！」

剛籟坊に許可されると、小枝は一礼して弾む足取りで巣穴へ駆け戻っていった。

「不動山には女性はいないと思ってたから、びっくりした」

後ろ姿が見えなくなるのを待って、雪宥は言った。

「小枝は女性ではなく、雌だ」

「まぁ、そうなんだけど」

剛籟坊らしい身もふたもない言い方に苦笑が漏れる。本性は狐でも、人間の姿をしている小枝を雌とは言いづらい。

天狗が治めている不動山を構成しているのは、山に生える樹木、草、花、そして動物たちだ。それらは雌雄に別れ、生殖活動を行い、山を富ませていく。

天狗の結界に入れないのは、人間の女性だけである。

だからこそ、天狗はご神木の樹の股から産まれ、男の伴侶に子を孕《はら》ませることができるのだろう。

駆け戻ってくる小枝の足音が聞こえた。

小枝は二匹の仔狐を両腕に抱いていた。

「か、可愛い……！」

小さな仔狐を覗きこんで、雪宥は拳を握って身悶えするのを堪えた。顔がまだ丸く、毛がふわふわしていて、いかにも幼い。

毛色は微妙に違い、一匹は赤っぽく、もう一匹は金に近い狐色だった。赤いほうが雌、金色が雄だと、小枝は言った。

剛籟坊は錫杖をしゃらんと揺らし、仔狐の額に人差し指で触れ、なにやら呪《まじな》いじみた仕種をした。主からの祝福を授けたのだと、説明されずともわかった。

どんな名をつけるのだろう。頼まれたこの場で、いきなり決めてしまうのだろうか。

即興すぎて失礼にも思えるが、天狗館に戻って何日か考え、あとで知らせる、というのも間が抜けている。

「剛籟坊さまからおひとつ、雪宥さまからおひとつ、いただきとうございます」

「えっ？」

にこやかに爆弾を落とした小枝に、雪宥は唖然《あぜん》とした。

二匹とも剛籟坊が考えるのだとばかり思っていた。子どもの名づけなんて重要なことだから、そのほうが絶対にいいと思う。雪宥はたしかに伴侶だが、二十年しか生きておらず、素敵な名前を考えてあげられる自信がない。

だが、それを口にして、雪宥が名づけをいやがっていると小枝に勘違いされるのは避けたい。

雪宥は剛籟坊の袖を引っ張ったり、腰を肘《ひじ》でつついたりして、自分の考えを察してもらおうとしたけれど、駄目だった。

「では、この仔は真赭《まそほ》にしよう」

真赭とは赤い色のことで、穂が赤みを帯びた薄《すすき》のことを、真赭の薄というらしい。毛色からイメージしたのだとわかった。

剛籟坊がさっさと決めてしまったので、雪宥は焦った。剛籟坊も小枝も、雪宥の命名を待っている。

剛籟坊に頼んでくれとは、もう言いだせない。あまりの緊張で、頭が真っ白になった。

双子だし、真赭とかけ離れた名前をつけるとバランスが悪い気がする。雪宥の母の名は香《か》織《おり》、弟の名は慎《しん》也《や》。

でも、そんなことは関係ない。そんな人間みたいな名前は、失礼かもしれない。いや、母狐の小枝は、充分人間で通用する名前だ。

それほど、こだわりはないのか。

名づけを待っている雄の仔狐が、雪宥を見た。無垢な瞳が可愛い。母の腕のなかで真赭とぴたりと寄り添い、まだ短い尻尾《しっぽ》をふっさふっさ振っている。

その毛並みを見ているうちに、雪宥の頭に閃《ひらめ》いたものがあった。口に出す前に、ほかの名前を考えてみたが、それ以外には思いつかない。

自分よりはるかに長生きしている剛籟坊と小枝に伝えるのは、勇気が要った。

「——穂波《ほなみ》。穂波ってどうですか。とても綺麗な毛並みをしているから」

穂が風に揺れて波のように見える、という意味がある。

「この仔によく合っている」

剛籟坊はそう言ってくれた。

「よい名をいただきまして、ありがとうございます。真赭と穂波が大きくなりましたら、きっと天狗館へお礼に伺わせます」

「雪宥の初めての名づけだ。誇るとよい。つつがなく暮らせよ」

「身にあまるお言葉でございます。ご恩は生涯忘れませぬ」

双子に名を授けてもらった小枝は満面の笑みで礼を言い、仔を抱いたまま何度もお辞儀をして去っていった。

「よ、よかったのかな、あれで」

雪宥は自信なさげに呟いた。

穂波という名を選んだことに後悔はないが、分不相応なことをしでかしてしまったような不安が残っている。

「よかった、と俺は思う。いい名だ。もう少し大きくなれば、不動山を駆けまわって遊ぶようになるだろう。人の姿を取るには修行が必要だが、二匹とも幼いながらに才に恵まれていると見えた」

「剛籟坊には、そんなものまで見えるんだ。じゃあ、俺は？　俺はどう？」

「美しいが？」

「そうじゃなくて、神通力を使いこなす才能みたいなものは感じ取れないのかな？」

「……」

なぜ、無言になるのだろう。ないならないと、はっきり言ってくれたほうが、まだましだ。

沈黙が気まずくなってしまうではないか。

雪宥は落ちこみかけたが、昨日露天風呂で固めた決意を、剛籟坊に話すことにした。

天狗館に帰るまで待ってはいられない。なんとかしなければならないと漠然と思っていたけれど、小枝に会い、大事な仔に名をつけてほしいと頼まれて、さすがに考えさせられるものがあった。

どんなに未熟でも、自分は間違いなく剛籟坊の伴侶なのだ。剛籟坊がいかに優しく、甘やかそうとしても、伴侶としての責任がある。

先ほどの仔狐は、雪宥がつけた名を抱き、ずっとここで生きていくのだ。厳しそうな修行、なさそうな才能に自信をなくして怯んでいる場合ではない。

少なくとも、落ちこむのは努力が実らなかったときにすべきだ。

「だから俺、神通力の修行をするよ。ややこのことはまだ考えられないけど、剛籟坊の伴侶としてきちんとしたいと思ったんだ。責任とか義務に追いつめられてやるんじゃなくて、俺自身がそうしたいから」

剛籟坊はしばらく黙って雪宥を見下ろしていた。

反対しているのか賛成しているのか、その表情からは読み取れない。修行を決意させた理由がややこでないのが、気に入らないのだろうか。

しかし、神通力を使えるようになっておけば、ややこが欲しいと思ったときに慌てないですむ。決して無駄にはならないのだ。

剛籟坊の気持ちをあれこれ考えていた雪宥は、もしかしたら、彼がふたつ返事で喜べないほど、自分には才能がないのかもしれないと思い至って蒼褪《あおざ》めた。

「修行はつらく、困難なものだ。お前は転成中、自然と結界を通り抜けることができるようになっていた。そのように、修行をせずとも自然と開花するものもある」

やっと剛籟坊が口を開いてくれた。

「そんなの、いつになるかわからないじゃないか。つらくて困難な修行でも、頑張ってやってみたいんだ。努力で摑み取りたい」

雪宥ははっきりと言った。自然に開花する能力は、やはり修行して使用可能となる能力よりは、少ないに違いない。

それに、飛行術や変化術、さらには溶けた熱い鉄を一気飲みできる能力が、暮らしていくうちにひとりでに身につくとは思えなかった。

剛籟坊に守られ、剛籟坊がいなければなにもできない、頼りない伴侶でいたくない。

雪宥の決意が伝わったのか、剛籟坊はようやく頷いた。

「お前がそう望むなら、やってみるといい」

6

剛籟坊が雪宥のために用意してくれた修行の場は、不動山の頂上に近い一角で、結界から外れた人間界だった。

入山可能な区域ではあるが、人間の足では登ってこられない険しい場所である。

切り立った崖があり、大小二本の滝があって、川がある。少し平らな広場の横には寝泊まりできる小さな庵《いおり》が建っていた。

修行中は天狗館には帰らず、一定の成果があがるまでここにいなければならないらしい。

雪宥一人では心もとなく、危険もあるので、剛籟坊か、剛籟坊がいないときは蒼赤たち烏天狗が一緒にいて、どんなことをすればいいのか教えてくれるという。

予想と異なる厳しい環境を目の当たりにして、雪宥はちょっとびびっていた。

てっきり、天狗館の道場でやるのだとばかり思いこんでいた。というのも、天狗館で働く雀《すずめ》みたいな頭と翼を持つ木っ葉天狗たちが、道場に集まっては、瞑想《めいそう》をし、相撲《すもう》を取ったりして心身を鍛えているところを見たことがあったからだ。

それが、いきなりここである。滝が落ちてくる位置に、ちょうど人が座れるくらいの大きさの平らな岩があるのを見つけてしまい、雪宥は見て見ぬふりをした。

「お前がやりたいというものを止めるつもりはないが、俺としては修行などしなくていいと思っている。神通力を豪快に撒き散らかしている美しいお前を、ずっと見ていたいからな。やめたくなったなら、それでもいいんだぞ」

剛籟坊は唆すように言った。

「やめたいとは思ってないよ。場所が予想外で、驚いてるだけ。それに、撒き散らかしてると困るから、修行をするって言ってるんだよ。剛籟坊がくれた力を無駄にしつづけるなんて、いやだ」

「転成して不死の肉体になったとはいえ、怪我はするし、傷つくと治るまで痛むぞ。自分の身を守れる程度の力の使い方を覚えさせるのも、今後のお前のためになるのは事実だ。だが俺は、修行とはいえお前を危険な目に遭わせたくない」

具体的な修行内容は聞いていなかったが、俺は危険な目に遭う修行をするんだな、と雪宥は思った。

恐ろしい崖も、座る場所のある滝も、あますところなく利用させられそうだ。

怖くないと言えば嘘になるし、自分がやり遂げられるかどうかの自信もない。人間の雪宥は軟弱な大学生だった。

けれども、逃げだすわけにはいかなかった。雪宥にも意地がある。

「心配してくれてありがとう。でも、俺は俺自身のために頑張ろうと思う」

「頑張る必要はない。お前はなにもしなくていいし、できなくてかまわない。ただ、俺とともにいてくれるだけで充分だ」

「今はそれでよくても、いつまでも役立たずじゃ困る。剛籟坊が俺に修行をさせまいとするのは、俺が怪我をするかもしれないから？」

「そうだ。山道でさえ歩かせたくなくて、俺はお前をずっと抱いているのに」

剛籟坊の過保護もここに極まれりである。

「じゃあ、ややこが欲しくなったときは、どうするんだよ。それから慌てて、修行するわけ？　そんなの建設的じゃない」

「ややこのための修行なら、しなくていいと言った」

以前、話したときのことだ。

雪宥を独り占めしたいから、ややこは急いで欲しいと思わない。雪宥が自然に産みたいと思うまで待つと言っていた。

「これは俺のための修行だよ。なんでもできるようになっておけば、いずれ、ややこを産みたくなったときにも役立つだろうってこと。もしかして、剛籟坊は本当はややこが欲しくないの？」

「……お前に似た子が欲しい」

意味を理解した瞬間、雪宥は顔面に血をのぼらせた。

あまりに修行を思いとどまらせようとするので、本心ではややこを産ませたくないのかと少し疑ってしまったが、そうでもないらしい。

つらい修行は雪宥が可哀想《かわいそう》だし、怪我が心配だから、させたくない。雪宥を独占していたい。だが、雪宥に似た子も欲しい。

剛籟坊のなかには、いろんな思いが渦巻いているようだ。どの気持ちも本当で、選べないから、矛盾が生じる。剛籟坊はもしかしたら、己が抱える矛盾に気づいてさえいないのかもしれない。

つまり、剛籟坊の意思を尊重していたら、なにも解決しないということだ。

「じゃあ、修行しなきゃ。せっかくの神通力、使えるに越したことはないだろ」

雪宥が言いきると、剛籟坊は諦めたようだった。

「仕方がない。だが、途中でやめたくなったら、そう言うといい」

「言わないように頑張る。……俺は剛籟坊に似た子がいいけどな」

「いや、お前だ。修行中のお前の助けとなるよう、これをやろう」

譲れないところは頑として譲らない剛籟坊が、懐から取りだして雪宥に渡してくれたのは、白い羽根だった。

「剛籟坊の羽根?」

「そうだ。これを持っていれば、どこにいようとお前の居場所がわかる」

剛籟坊は神通力を使い、雪宥の前でその羽根に紐をつけ、いくつか金鐶をつけ足し、首飾りに細工した。

「ありがとう。なくしたり、壊したりしないように気をつける」

白く艶やかな表面を指先で撫でてから、雪宥は首にかけた。

ところが、羽根はふんわりと胸元に収まった途端、雪宥の肌に沈んで消えてしまった。

「えっ、えっ！」

雪宥が驚いて羽根が沈んだあたりをぎゅっと手で摑む仕種をすると、かさっとした感覚があった。消えたはずの羽根である。

手のなかを見れば、ちゃんと首飾りとして存在していた。

「首にかけると、お前のなかに溶けるようにしておいた。俺の力がお前のなかにある。それがわかれば、お前自身の力を摑むときの、手がかりになるだろう。取りだしたいときは、そう念じて摑めばいい」

「うん。わかった」

と言ったものの、雪宥は正直、よくわかっていなかった。

手を離せば、羽根は胸のなかへ消えてしまう。だが、異物感があるわけではなく、剛籟坊の力を認識できるわけでもない。

やはり、才能がないのか。

修行の前から落ちこみながら、雪宥は庵で膝丈の白い着物に着替えさせられた。

裸足のまま連れていかれたのは、案の定、滝だった。まずは滝の水を浴びて身を清め、己を無にし、肉体と精神の感覚を研ぎ澄ますらしい。

二本あるうちの細いほうの滝で、温泉浴場によくある打たせ湯のようにも見える。しかし、ここから落ちてくるのは、湯ではなく水だ。

水で濡れた岩の上を歩いただけで、寒さに鳥肌が立った。

作法を指導してくれる剛籟坊が、心配そうな顔をして訊いた。

「やめるか?」

「……やる」

こんなところで挫《くじ》けていては、どうにもならない。雪宥は気合を入れ、身体に水をかけて温度に慣らし、滝の下に頭から入っていった。

「……っ」

あまりの冷たさに声にならない悲鳴を呑みこんだら、息も止まりそうになった。水しぶきがかかって、目を開けていられない。

俯き、首のつけ根に水が当たる位置で岩の上に胡坐を掻き、合掌する。

剛籟坊が言うには、神通力は気だそうだ。まずはその気を摑み、体内で循環させる。循環の道筋がつけば、気は体内に引き止められて、身体の外に撒き散らかされることはなくなる。

それができると、今度は体内の気を高めて、自由に使えるよう鍛えていく。

雪宥は身体を強張らせ、震えながら水に打たれていたが、しばらくすると息苦しさを感じなくなった。水を冷たいとも感じなくなり、肩から力が抜ける。

次第に自分がどこにいるのか、なにをしているのか、そういった意識も抜け去って、ほとんど無の状態だった。

「そこまで」

空っぽの頭に剛籟坊の声が聞こえ、雪宥は夢から覚めたようにふらふらと立ち上がり、滝の下から出た。

乾いた布で身体を拭き、一度庵に戻って、今度は真っ白の篠懸と括袴に着替えたら、板の間で座禅を組んで精神集中。

それが終わると、手甲脚絆に草鞋を履かされ、金剛杖《こんごうづえ》を持たされた。これで山道を延々と歩くのである。

人間だったころと違い、転成した雪宥の肉体は軽く感じられ、険しい道も軽々と登れたものの、何時間も歩くとさすがに足が痛んだ。同行してくれている剛籟坊はなにも言わなかったが、ちゃんと見守ってくれているのはわかった。

やっとの思いで庵に戻り、最後に座禅を組んで、初日の修行が終わる。

雪宥はその夜、剛籟坊の腕のなかで泥のように眠った。

二日目は一日目以上につらく感じたけれど、三日目になるとたいしたもので、早くも身体が慣れてきたらしい。

水行、山歩きをこなし、最後の座禅を終えても、雪宥にはまだ余裕があった。疲労でずっと重かった口も、今夜は軽くなっている。

少し気も軽くなって、剛籟坊に訊いてみた。

「どう、剛籟坊？　まだ三日だけど、ちょっとは成果が出てる？」

「……」

剛籟坊の無言は、想定の範囲内である。

成果が出て、自分の神通力が見えるようになっていたら、そんなことをわざわざ訊いたりしない。

「修行をしてると、余計な雑念が消えて、スカッと爽快《そうかい》な気持ちにはなるんだけど、気の流れがいまいち摑めないんだよね」

「数日で簡単にできるものではない。お前はよく頑張っている」

がっかりしている雪宥を、剛籟坊は励ましてくれた。

修行中もときおり、気の流れを摑むためのアドバイスをしてくれるのだが、雪宥が不器用なのか鈍感なのか、まったくわからない。こんな感じだ、と実演してもらっても、神通力が見えないので、これまたよくわからない。

天狗館に帰れるのは、当分先になりそうだった。剛籟坊が一緒にいてくれるなら、どこで寝泊まりしようと雪宥はかまわない。

びょう、と吹きつける風が、庵を揺らした。標高が高いので、温度も低い。

「どうして修行は人間界でするの？」

ずっと訊きそびれていたことを、雪宥はようやく口にした。昨日、一昨日はそんな話をする余力もなかったのだ。

「そのほうがいいからだ。神通力を高めて操る鍛錬をするには、時間の流れが遅く、荒ぶる自然に囲まれた人間界が最適だ。一人前でない天狗は皆、人間界の険しい環境に長く身を置いて修行をしている」

「剛籟坊もそうだった？」

「ああ。気を操れるようになると、修行の内容も変わる」

水行と山歩きを卒業できる日が来るということだろう。

今夜は風が強いのか、庵の戸板がひっきりなしにがたがたと揺れ、隙間風も入ってくる。天狗館では四季を感じず、先日の御山巡りでは、北は寒く、南は暖かく感じた。剛籟坊が作ってくれた箱庭には、人間界と同じように移ろう四季がある。

来たときには初夏だったのが、今は真冬になっていて、庭には雪が積もる日さえあるのに、雪宥は部屋のなかでは単衣で過ごしていたのだった。

天狗になると、自動で体温を調節して暑さ寒さを感じなくなるのかと思っていたが、御山巡りでそうではないことがわかり、この修行場に来て、体温調節ができればどんなに便利だろうと実感している。

天狗の世界は不思議がいっぱいだ。

そして、雪宥が快適に感じる大部分は、なにかしら剛籟坊の手が加わっているとみて間違いない。

雪宥は蒼赤が沸かしてくれた風呂に剛籟坊と一緒に入り、身を清めた。水行と違い、温かい湯が酷使された身体を解してくれる。

修行で疲れて寝てしまい、もう三日も剛籟坊の精をもらっていない。こんなに間を空けたのは久しぶりで、空腹を自覚すると目がまわりそうになる。

湯船に並んで座る剛籟坊の肩にこてんと頭を預け、雪宥は呟いた。

「……お腹空いた」

「抱いてほしいか。それとも、口から飲むか？」

どちらかなんて、選べない。ひとまず渇きを癒すために、一度口から飲んでおき、そのあとじっくりと抱いてなかに出してほしい。

全身を使って、剛籟坊を頰張りたかった。

「両方」

正直に答えると、剛籟坊が笑ったのが肩の震えでわかり、その振動を感じただけで雪宥の肉体に火が灯る。

「なら、閨《ねや》まで待てるか」

御山巡りのときの露天風呂とは違い、ここの湯船は木製でとても小さい。大柄な剛籟坊とくんずほぐれつしたら、壊れてしまう。

「あんまり待ちたくない」

「すぐに連れていってやる」

剛籟坊は、赤裸々な本心を零しつづける雪宥の背中と膝裏に両腕をまわして抱き上げた。期待して少し反応している陰茎を見られ、羞恥から両手で隠す。

小さな庵だから、風呂場の隣はもう寝間である。

褥に飛びこんだ二人は、濡れた身体を拭きもせずに情熱的に絡み合った。庵を揺らす突風や、細く流れてくる隙間風は、ただの一度も気にならなかった。

雪宥の変化があったのは、修行開始から二週間ほど経ったときだ。

神通力は相変わらず雪宥には見えず、金粉状に飛び散っているようなのだが、その量が減ってきたらしい。減ったぶん、体内にとどまり、循環しているそうだ。

「ちょっとは進歩したってこと?」

「ほんの少しな」

剛籟坊は親指と人差し指で、二ミリほどの隙間を作ってみせた。

背の低い雪宥にもよく見えるように、目の前で。

手厳しさを感じる幅だった。一センチくらいに広げても、ほんの少し、という意味は充分伝わると思うのだが、一センチでは実力の水増し評価をしているように感じるので、これが精一杯だと、暗に言われている気分になる。

しかし、剛籟坊に文句を言うのは筋違いだ。

「たったそれだけでも嬉しいよ。始めたときは隙間もなかったんだから」

「完全にはほど遠いが、次の段階に進んでみるか」

「えっ、いいの?」

雪宥は驚いて、食いついた。

できるようになるまでやる、という決意に偽りはないけれど、さすがに二週間も水行と山歩きと座禅の繰り返しはつらくなってきていた。微々たる成長は自分ではわからず、張り合いにならない。

「最近、集中力が途切れがちで、気が散じている。ひとつを極めるより、べつのこともやらせたほうが、お前はよさそうだ」

「……ごめん」

飽きっぽいと言われたのだと思い、雪宥は謝った。張り合いがないのは、二ミリにずっとつき合ってくれている剛籟坊のほうだ。

剛籟坊にかぎって、愛想を尽かすなんてことはないと思いたいが、呆れてはいるかもしれない。

剛籟坊は俯いた雪宥の頭を、大きな手で撫でてくれた。

「謝ることはない。神通力を鍛えるやり方は皆違う。自分に合った方法を考えればいい」

「一人じゃなにもできなくて、剛籟坊をつき合わせてる。先も見えないのに」

「修行がなくても、俺はお前とともにいるぞ。そう弱音を吐くな。落ちこんでいるお前を見ると、天狗館に連れ帰ってねんごろに慰めてやりたくなる」

「そんなことされたら、目標が遠のくじゃないか」

「神通力など使えなくてもいい。お前が笑っているほうが大事だ」

挫けそうになる軟弱な心を、剛籟坊はさらに甘やかそうとするので、雪宥はいつも正気に戻るのだった。

楽なほうへと逃げこんで駄目人間、いや、駄目天狗にはなりたくない。

「ありがとう。俺が頑張れるのは剛籟坊のおかげだよ。もうちょっと天狗らしくなるまで、俺につき合ってほしい」

「いつまでも」

優しい剛籟坊に、雪宥はぎゅっと抱きついた。

そうして、翌日から気持ちも新たに次の段階に進むことになったが、朝一の水行は免除されなかった。ひそかにがっかりしつつ、滝に打たれて精神統一する。

「お前は気を体内に収めておくのが苦手なようだから、今度は使ってみるといい」

剛籟坊はあっさりと言った。

他者からの攻撃を咄嗟に防ぐための壁を作りだす防御術と、空を自由に飛べるようになる飛行術を会得するのが当面の目標だと勝手に定められ、雪宥は面食らった。

「い、いきなりそれ？　初心者にはちょっと、高度すぎるんじゃない？」

「そうでもないだろう。まずは力の使い方を覚えることだ。コツを摑めば、大抵のことはできる。失敗しても、力はどんどん出せばいい。あとで俺が補ってやる」

神通力は使えば使うだけ減っていく。剛籟坊がいれば、雪宥は枯渇することがないので、いつでも全力で打ちこめるのだ。

これほど恵まれた環境も、そうあるまい。

「わかった。今回こそ頑張る」

もう何度目かの決意をした雪宥は、剛籟坊に教えてもらいながら、新たな修行に打ちこみ始めた。

ところが、苦労するに違いないという予想に反して、壁はわりと簡単に作れた。手のなかに気を集め、それを楯《たて》のように平たく広げるイメージでやったところ、剛籟坊が合格点をくれたのである。

雪宥自身には見えていないため、信じられず、気の楯に向かって剛籟坊に小石を投げてもらったら、見えない壁にぶつかって跳ね返り、そこでようやく実感できた。

「……俺でもちゃんとできてるんだ」

雪宥は心底ほっとした。

「できるに決まっている。使えるのに見えないのは珍しいが、ないことではない。今のお前の壁はこれくらいだ」

剛籟坊は直径三十センチくらいの円を指先で示し、少しずつ広げて全身を覆えるようにすること、それを素早くできるよう速さを磨くこと、を次の課題にした。

太陽が真上に昇るまで防御術をやらされ、午後からは飛行術の修練である。

これは防御術と違って、相当に難しかった。まずは宙に浮いてみろと剛籟坊は軽く言ったが、簡単に浮けるものではない。

なんとか五センチほど浮き上がるのに一週間かかり、その状態を十分間維持するのに、さらに一週間かかった。

しかも、雪宥に根性を出させてくれたのは、剛籟坊ではなく蒼赤だった。

雪宥を甘やかさずにはいられない剛籟坊と違い、蒼赤は厳しく現実を突きつけてくる。剛籟坊が御山の守護に出なければならないとき、彼の代わりにつき添って修行を見てくれながら、

「……な、なんと、たかだか宙に浮くことすらおできにならぬとは、剛籟坊さまのご伴侶さまがお情けのうございますぞ。日々剛籟坊さまのお力をいただく雪宥さまは、私などよりよほど強い神通力をお持ちなのです。今の状態はいわば、宝の持ち腐れでございますが、ここまでひどい持ち腐れもそうはございますまい。不器用にもほどがありますぞ。この蒼赤、驚きのあまり、あいた嘴がふさがりませぬ」

などと、言いたい放題である。

わざとらしく嘴を開いてわななかせるという小細工に、あまりにも向っ腹が立ち、なにくそ！　と奮起した瞬間、雪宥は浮き上がったのだった。

一週間もがいた挙句の快挙だったので、蒼赤のいやみのおかげだよ、と思わず素直に感謝したのがまずかった。

蒼赤がますます調子に乗ってしまったのだ。

今日も今日とて、蒼赤は嘴をカツカツ言わせて、雪宥にいやみを繰りだしている。

「初めて浮いたのち、七日かけてその体たらく……。雪宥さま、足りぬのではございませぬか、根性と気合が。必ず飛べると念じれば、飛べないはずがございません」

雪宥は肩を竦めた。

「お前のカチンとくるいやみを燃料に、根性と気合を燃やしつづけてるけど、こうなんだよ。絶対に神通力を使いこなしてやる、華麗に空中を舞って、蒼赤をぎゃふんと言わせてやる、といつも奥歯を嚙んで頑張ってるよ」

「ぎゃふんでございますか。私も一度は言ってみたい、憧れの台詞でございますな」

しれっと答える蒼赤に、むかっときた雪宥だったが、自分から言いだしたことだけに、なにも言い返せない。

伴侶が保持する力は、連れ合いの天狗の神通力の大きさで左右されるらしく、剛籟坊の伴侶の雪宥はかなりのことができるそうだ。

飛行はもちろん、今は通り抜けるしかできない結界も自分で張ることができるし、火を灯したり水の上を歩いたり、風を起こしたり雨を降らせたりと、天候にも干渉できるという。

「そういうのが全部できるようになったらすごいと思うし、できるようにもなりたいよ。でも、今の俺に言わせれば、夢とか目標じゃなくて、妄想に近いね」

雪宥が投げやりに言うと、蒼赤はこれみよがしにため息をついた。

「なにをおっしゃいますか。早急に頑張っていただかねばならぬことですぞ！　雪宥さまにはややこをお産みになるという、大事なお務めがございますゆえ」

「剛籟坊は焦ってないって言ってたよ。当分二人で仲よくしていたいって」

「あな、お情けない。雪宥さまは、修行を始められたときの決意をお忘れか。神通力を使いこなせるようになっておけば、いつでもややこがお産みになれる。そうおっしゃっていたではございませぬか」

「……うん、そうだった」

修行の厳しさと自分の才能のなさに挫けて、ちょっと忘れかけていた。というより、逃避していた。

「ややこのご誕生を、我ら不動山の天狗たちは心待ちにしております。飛行術を習得せぬまでも、ややこはお産みになれましょう。ですが、このままですと、つらい思いをなさるのは雪宥さまですぞ。ややこ天狗にはもちろん翼が生えてございます。可愛い可愛い黒つ羽でございますよ。お父上の剛籟坊さまとご一緒に飛びまわるのは間違いございません。なのに、お母上の雪宥さまが地に這いつくばっておられるしかないと悟られたややこは、どれほどがっかりなさるでしょう」

「なんで這いつくばってるんだよ！　普通に立ってたり、座ってたりするよ、俺は」

雪宥は蒼赤を睨んだ。

ややこを産むために修行をしているのではないし、まだ産む決心さえついていないのだが、突っこみどころが多くて、そこまで手がまわらなかった。

しかし、蒼赤は雪宥の不機嫌など気にしない。

「それに、悪戯ざかりのややこ天狗が悪ふざけをなさったときは、どうなさいます。雪宥さまが叱《しか》ろうとしても、飛んで逃げられたら、追いかけようがございません。それでは教育になりませぬぞ」

「天狗はみんなで子育てするんだろ？　俺が追いかけなくても、お前がややこを追いかけて、俺のところに連れ戻してくれればいいじゃないか」

「浅いですぞ、雪宥さま。それを屁理屈《へりくつ》を捏ねると申すのです。烏天狗の力を借りねば自分を摑まえることもできないお母上を、ややこが敬い、言うことを聞くでしょうか」

「うーん……」

雪宥は唸り、難しい顔で考えこんだ。

たしかに、蒼赤の言うことにも一理ある。けれども、たとえ自分が天狗館よりも高い場所まで浮き上がり、空中遊泳ができたとしても、翼を持って鳥のように飛びまわる天狗と同じ動きはできないと思う。

翼は飾りではないのだ。広げることによって風を摑み、バランスを取る。

それらすべてを、神通力でやらなければならないなんて、雪宥には荷が重すぎる。

「ともかく、浮くのは浮いておられるのですから、今日は川の上を歩いてみましょう。足の裏に意識を集中するのです。これは初歩的な修練ですぞ」

「わかってる」

滝から流れてくる川の淵へ行き、雪宥は気合を入れた。

川幅は三メートルくらいだろうか。流れはあるが、川底は見えていて浅い。

水面で両脚を揃えて浮き上がり、慎重に足を踏みだす。一歩、二歩進み、三歩目でバランスを崩して、川に落ちた。

水面を歩けるはずがないと思ってしまったのだ。神通力は、思っていることがそのまま力になって現れる。

「やれやれでございますぞ。滝登りを軽々やってのけてこそ天狗でございますのに、川も渡れぬとは」

「鯉《こい》じゃあるまいし、滝登りなんかできるもんか」

いやみったらしい蒼赤に、雪宥は水浸しになりながら毒づいたが、こうも進歩がないとさすがに落ちこんだ。

川から上がり、絞れるところは絞って水を切ったものの、布がぺとりと肌に張りついて気持ちが悪い。

「私が厳しく言いますのも、雪宥さまのためですぞ。ややこ誕生のためにも頑張りなされ」

「期待には応《こた》えたいけど、あいにく俺はまだややこを産む心の準備はできてないし、親になって子育てしようって気にもなれないよ。お前たちは忘れてるみたいだけど、俺はまだ二十歳で、天狗界に来てまだ百五十日ちょっとなんだよ」

「雪宥さまは四十一歳ではございませぬか。天狗界と人間界では月日の流れが違います。こちらでは百五十三日でも、人間界では二十一年が経っておりますぞ」

蒼赤は黒い目を半分にして言った。

「それは人間の時間に身を置いてこそだろ？　天狗界にいたら、七日でひとつ年を取るって、そんな殺生な話があるか！　いつの間にか四十一歳になってたなんて、認めない。俺は中年じゃない、まだ大学生の青年なんだ。天狗界で暮らしてるんだから、人間界の時間の流れを適用するのはおかしいだろ」

雪宥は敢然と抗議した。

七日でひとつ年を取るなら、剛籟坊の四百一歳も、そんなにたいしたことはなさそうに思える。四百年生きたところで、天狗界で換算すると八年弱だ。

蒼赤の二百七十三歳も五歳ほどで、幼稚園に通っている幼児のようなものではないか。

そのような雪宥の考えを読んだのか、蒼赤はカツンと嘴を鳴らした。

「違いますぞ、雪宥さま。修行をするとき、天狗たちは皆、人間界にまいります。今の雪宥さまのように。もちろん、人間では入ってこられないような場所を選んだり、修行は夜中にしたりと、人間に遭遇しないように注意はしておりますが、とにかく、人間界で過ごしておるのでございます。時間の流れも、人間と同じ。早く一人前の天狗になるよう、長い時間をかけて神通力を溜め、使いこなせるようにする。それが修行でございますゆえ」

実年齢に見合う時間を過ごしているのだと聞いて、雪宥は鼻白んだ。

そういえば、剛籟坊もそんなことを言っていたのを、思い出した。そのときは年齢のことなど気にしていなかったのだ。

「木っ葉天狗たちがときどき道場で瞑想したり相撲を取ったりしているけど、あれは修行じゃないの？」

「天狗館で働く余暇を利用しておるだけで、本格的な修行は人間界でしております。丸々一日を天狗界で過ごしておられたのは、雪宥さまくらいでございますぞ」

「じゃあ俺は、二十一年ぶんを無駄に過ごしてきたってこと？」

「雪宥さまは転成中でございましたので、無駄というほどではございませぬ。いわば、必要不可欠なお時間だったかと」

「それでいうと、俺についてた蒼赤も同じじゃない？　剛籟坊だって、俺と一緒にいてくれる時間は多かったと思うけど」

「剛籟坊さまが御山の見まわりに行かれるとき、あるいは人里を守られているときは、人間界に身を置いてなさっておられるのです。私も雪宥さまにおつきしているときは、当然天狗界におりますが、おつきを離れたときには、人間界を覗いておりますぞ。でなければ、人間たちの変化が掴みきれませぬ。人間界は光陰矢のごとしでございますからな。ですので、人間界の年齢と時間の流れを適用するのは、おかしなことではないのです」

雪宥は呆然として、頭のなかで計算をした。

人間界で一ヶ月過ごしても、天狗界では半日ほどにしかならない。つまり、天狗界で半日帰ってこない剛籟坊は、人間界で一ヶ月を過ごしていたことになる。

道理で帰ってきたとき、疲れた顔をしているはずだ。雪宥不足だと言って、抱き締めたままなかなか離してくれないわけである。

天狗という生き物は、本当に肝心なことを言わない。雪宥が訊かないから、言わなくてもいいと思っている。

それが天狗だとわかっているから怒りはないが、釈然としない気持ちにはなった。

「剛籟坊、言ってくれればいいのに……」

「我らにとっては、当たり前のことでございますゆえ。それに今は雪宥さまも人間時間で過ごしておられますからな。順調にお年を召しておられますぞ」

「……人を老人みたいに言わないでよ」

雪宥は鼻の上に皺を寄せ、うんざりとぼやいた。

その夜、庵に帰ってきた剛籟坊に、蒼赤から聞いた新事実の確認をすると、彼は頓着《とんちゃく》なく頷いた。

「御山を守るのは大切だけど、俺と一ヶ月も会えないのは寂しくない？」

雪宥は寂しい。三日に一度、剛籟坊の精を飲ませてもらわないと死に至るのは雪宥だけで、剛籟坊は雪宥の精がなくても生きていける。

その不公平さが、許しがたく思えた。彼にも飢えがあるなら、是が非でも帰ってくるだろうに。

「寂しいが、それが主の役目だし、帰ればいつでもお前が迎えてくれる。天狗にとって、人間界のひと月やふた月はお前が気にするほど長いものではない」

「剛籟坊はそうでも、俺はいやだ。明日は俺もついていく。剛籟坊と一緒にいる」

取り縋るようにして、雪宥は訴えた。

剛籟坊は今日に引きつづき、土砂で崩れそうな箇所を確かめに、明日も西側へ様子を見に行くという。今では雪宥も人間界に身を置いているのだし、修行を少し中断して剛籟坊について いってもかまわないはずだ。

けれど、剛籟坊は首を横に振った。

「危ないからここにいてくれ。それに今は、お前と同じときを過ごしている。今夜もこうして会えたのだから、気にすることはない」

もしかすると、雪宥が天狗館にいたら、剛籟坊は顔を見せなかったのかもしれない。同じ流れのなかで過ごしているからこそ、使える時間の余剰が出てくるのだ。

人間界でたったの五時間、空き時間ができたからといって、天狗界に戻ってなにができるだろう。

これまで、剛籟坊の時間を無駄に使わせた気がしてならなかった。ふたつの世界の成り立ち、関わりについて、雪宥が最初からしっかり考えていれば、肉体的には無理だとしても、心だけでももっと彼に寄り添うことができた。

雪宥はいつだって、気づくのが遅い。

「危ないなら、なおさら一緒に行きたいよ」

「どうしてもというなら、お前が神通力で身を守ることができるようになったとき、考えてもいい」

困った顔をした剛籟坊にそう言われ、雪宥は唇を尖らせた。

剛籟坊の助けになりたくて行くのに、足手まといになっては本末転倒である。

それでもなんとかならないものかと説得はつづけたものの、結局剛籟坊の気を変えさせることはできず、彼は朝方、一人で出ていってしまった。

入れ替わりで現れた蒼赤とともに、修行に励むことにしたけれど、気持ちが空まわりしているのか、いつも以上にうまくいかなかった。

「雪宥さま、剛籟坊さまご不在の折にご無理はいけませせぬ。不調の日もございましょう。今日一日お休みになられてはいかがですかな」

失敗しては何度も川に落ちるので、全身ずぶ濡れとなり、見かねた蒼赤がそう勧めてきたほどだった。

「休んでなんかいられないよ。俺がこうしてる間も、剛籟坊は一人で頑張ってるのに」

「剛籟坊さまはお一人でも充分、お強いのです。こちらへ戻られて、ずぶ濡れの雪宥さまが青白い顔で震えておられたら、心配なさるでしょう」

「でも、戻ってくるまでに、なにか上達していたいんだ」

昨日よりも上達し、できることを増やしたい。そうでなければ、自分の価値がなくなってしまう気がした。

雪宥はいるだけでいいと剛籟坊は言うし、それは正しいのかもしれない。神通力が使えようが使えまいが、伴侶としての雪宥の精液は剛籟坊を高める。

けれど、それでは雪宥が駄目なのだ。

腰まで水に浸かって尻もちをついていた雪宥は、冷えきった身体を奮い立たせ、浅瀬から深くなっているほうへ歩いていった。

「雪宥さま、そちらは危ないですぞ」

「危ないところでやったほうが、きっと力が発揮できるよ」

雪宥は川面に突きでている大きな岩によじ登り、そこから水の上に歩きだそうとした。目を凝らしても、川底は見えない。ここで落ちたら、溺れそうだ。

怖かった。落ちるのが怖いなら、歩くしかない。

大丈夫、大丈夫、と念じ、目を閉じて五歩歩き、ふと目を開けて下を見た瞬間、浮いていた身体に重力が戻った。

「……っ！」

声も出せないまま、雪宥は水中に沈み、思った以上に深かった水深に慌てた。息苦しくて、早く水面に顔を出そうと、両手両足を振りまわしてもがく。

「雪宥さま、雪宥さま！」

頭上に伸ばした手を、空を飛んできた蒼赤が摑んで引き上げ、岸まで運んでくれた。

「ごほっ、ごほ……っ」

雪宥は地面に蹲《うずくま》り、咳《せ》きこんだ。

少し水を飲んでしまい、喉が焼けるようだった。目も鼻も痛く、口元を手で拭おうとして、腕が上がらないことに気がついた。

「血が……！　怪我をなさったのですか、雪宥さま！」

黒い顔を蒼くして、蒼赤が嘴を震わせている。

「……けほっ、落ちてもがいたときに、岩にぶつけて……切ったみたい」

見れば、篠懸の袖が破れ、背中側の肩のつけ根から二の腕が切れて、血が流れていた。身体が冷えきっているせいか、痛くはなかった。

「雪宥さま、お気を確かに！　傷は浅いですぞ。まずは庵へ！」

お前こそ、気を確かに持てよ、と思わず突っこみそうになったほど蒼赤は動揺し、雪宥を抱き抱えるようにして庵に連れていった。

濡れた装束を乾いたものに着替えさせ、清潔な布で傷口を覆ってから、前になおり、額を床に擦りつけて謝ってくる。

「申し訳ございませぬ。この蒼赤がついていながら、雪宥さまにお怪我をさせてしまうなど、なんとお詫びをしてよいやら。ただちに剛籟坊さまをお呼びしてまいります」

雪宥は苦笑し、無事なほうの手をひらひらと振った。

「こんなことくらいで呼ばなくていいよ。俺が無茶をしただけで、お前は悪くない。剛籟坊にもそう言っておく」

「しかし……」

「怪我もたいしたことないんだ。血も止まってるし。——あ、そうだ。宴のときに凜海坊さまからもらった傷薬がある。あれを塗ったらすぐに治るかも」

「おお！　凜海坊さまお手製の塗り薬ですな。では、天狗館へ戻りましょう」

浮き上がれるようになった時点で、いつでも天狗館に帰ってもいいと、剛籟坊から許しはもらっている。天狗館では天狗時間で過ぎるため、本当はあまり帰りたくないのだが、仕方がなかった。

怪我をしたままだと蒼赤が気にするし、剛籟坊がこの傷を見たら修行禁止を言い渡されそうだ。

箱庭の屋敷の玄関が天狗館の剛籟坊の部屋につながっているように、庵の寝間にある襖を開け、結界となっている真っ黒闇の道を通ると、剛籟坊の部屋に行ける。

大天狗たちからいただいた宝物は、宝物庫にしまわずに、そこに置いたままだった。

「この部屋も久しぶりだ。なにも変わってないね」

天狗館の空気、温度、匂い、なにもかもが懐かしくて、雪宥は目を細めた。

「人間界でひと月過ごしても、こちらは一日も経っておりませぬゆえ」

「信じられない話だよ」

雪宥は凜海坊からもらった薬を取りだし、姿見を見ながら自分で塗った。

薬は緑色と灰色が混じった色で、薬草を煎じたような強烈な匂いがしたが、効果覿面《てきめん》だった。塗っていくところから、絵の具で塗りつぶしたみたいに、傷が消えていく。傷に沁みることもなく、打ち身の鈍痛も消してくれるようだ。

「素晴らしい効能ですな。傷は癒えましたが、今しばらく、雪宥さまはこちらでお休みください。先ほどの件は剛籟坊さまにお知らせせねばなりません」

「言わなくていいってば。もう治ってるのに、余計な心配させるだけだろ。黙って戻って、なにも言わないのが一番だと思うけど」

「なりませぬ。雪宥さまのことはすべて報告せよと、命じられております」

ピシッと嘴を閉じて、蒼赤は部屋を出ていった。

「もう、ほんとに頭が固いんだから！」

ぶつぶつ文句を言っても、蒼赤には届かない。無茶をした自分の自業自得でもあるので、雪宥はため息をついて、畳に仰臥《ぎょうが》した。

腕を持ち上げ、怪我をしたところを指先で確認したが、薬のぬるぬるした感触があるだけで、傷跡は綺麗になくなっている。

天狗館は静かで、庵のように風が建物を揺らさないし、隙間風も入ってこない。

一人で天井を見ていると、やけに孤独を感じた。

「四十一歳かぁ」

雪宥はもそもそと身を返し、四つん這いになって姿見に近づいた。

自分の顔を映してみるも、四十代には到底見えない。年相応に二十歳、それよりも若く見えるくらいだった。

母親似の顔である。もう人間の世界に戻れないと知ってからは、意図して考えないようにしてきた家族のことが、今になってやたらと強く思い出された。人間界との時間の流れの差を、実感したせいかもしれない。

雪宥が不動山で消えてしまってから、家族はいったいどうしたのだろう。

十歳違いの異父弟の慎也は三十一歳、母と義父は七十歳近くなっている。老いた両親と、外見では雪宥より年上になった弟の顔を想像するのは難しかった。

土岐家の遺産は不動村のものになったと蒼赤が言っていたから、両親には当たり分はなかったはずだ。義父の事業はうまくいっていなかったが、祖父の生前にせびった金のおかげで、借金で首がまわらないような切羽つまった事態にはなっていないと思う。

雪宥がいなくなることによって、天から降ってくる金はなくなったのだと気づき、事業のやり方を変えるなり、転職するなりして、母が浪費を抑えれば、家族三人なんとか暮らしていけたのではないだろうか。

「俺はやっぱり、死んだことになってるのかな」

そう考えると、やはり寂しかった。

両親は雪宥を死に物狂いで探しただろう。当てこんでいた莫大な土岐家の遺産は、土岐家最後の直系である雪宥がいなければ、一銭ももらえないものなのだ。

剛籟坊の伴侶になったこと、彼を助けられる自分の血筋に感謝しているけれど、人間だった土岐雪宥の人生は二十年で呆気なく幕を閉じた。

「……会いたいなぁ」

そんな呟きがぽつりと漏れて、雪宥は自分でも驚いた。

だが、その気持ちを自覚すればするほど、家族に、とくに母に会いたい思いが強まった。

こうしている間にも、母はどんどん年を取っていく。健康ならいいが、病気になっていたらどうだろう。祖父は七十代で突然倒れ、亡くなった。

母と死は、そう遠いものではないのかもしれない。母の死を考えることは、雪宥を激しく動揺させた。

じつの息子である雪宥を金づる扱いして、いい母親だとは言いがたい人だった。それでも、雪宥の本当の父が生きていたころの、楽しい思い出もある。

紆余《うよ》曲折あれど、母が産んで育ててくれたから雪宥は大きくなって、剛籟坊の伴侶になれた。

そして今は幸せだ。

雪宥は自分の心のなかを探り、人間だったときに母に抱いていたわだかまりがなくなっていることに気づいた。

自分が幸せになると、過去のつらい思い出も昇華されるのか、母は今どうしているだろう、元気で幸せに暮らしているだろうかと心配になり、親孝行のひとつもできない息子だったと感傷的な思いさえ浮かんだ。

母が死んでしまう前に、一度でいいから会いたかった。

雪宥はもう人間ではない。母の人生とは、決して交わらない。

赤の他人よりも遠い存在になったからこそ、こんなにも広い心で懐かしめるのだろうか。

それは、純粋なる親孝行の心とはほど遠い気がしたが、雪宥のなかにはたしかに母を慕い、思いやる気持ちが存在している。

「でも、だからって、東京に行くのを剛籟坊が許してくれるはずがないよな」

雪宥は今すぐ飛びだしたくなる衝動を、ため息で抑えこんだ。

天狗は人間と関わってはならないと、耳にたこができるほど聞かされてきたのだ。雪宥には甘い剛籟坊だが、里帰りだけは絶対に許してもらえない。

どうすればいいのかと悩む雪宥の視界の隅に、銀嶺坊からの贈り物が映った。

「見たいものを見せてくれる水鏡……」

気軽に使える鏡だと銀嶺坊は言っていた。雪宥が望めば、人間界の家族の様子も見せてくれるのではなかろうか。

年老いた母を、一目見たかった。自分で行くことができないなら、一方通行の、会話もできない鏡越しでかまわない。

雪宥は布袋から鏡を取りだし、深呼吸をしてから鏡を覗いた。そこには、雪宥自身の顔が映っている。

一度目を閉じ、記憶にある母親の姿を脳裏に思い浮かべ、再び目を開けると、鏡面に白髪混じりの老けた女性が映っていた。

その女性に見入った瞬間、雪宥の身体は鏡のなかに吸いこまれてしまった。

7

水流に呑まれるような感覚を経たのち、雪宥が立っていたのは、古びたアパートの一室だった。

——えっ、ここどこ？　なにがどうなってんの？

雪宥はパニックを起こしかけたが、「鏡を使っている間はおしゃべり禁止」と言っていた銀嶺坊の言葉を思い出して、口を噤んでいた。

てっきり、鏡を覗きこみ、そこに映しだされた様子を見るのだと思いこんでいたが、どうやら違うらしい。鏡を握っていた雪宥の手には、なにもない。

擦りきれた畳が敷かれた狭い和室に、鏡に映っていた年配の女性と三十代くらいの男性、男性の妻らしき女性と彼女に抱かれた赤ん坊がいた。

そこに突然雪宥が登場したわけだが、はっとなって身構えたのは雪宥だけで、彼らは誰一人として雪宥のほうを向いてもいなかった。

——もしかして、俺が見えてないのか？

雪宥は首を傾げ、手を振ってみた。反応がないのを確かめてから、大胆に彼らの間を通り抜け、部屋を歩きまわってみたけれど、やはり雪宥に気づいた様子はない。

鏡が雪宥の希望を叶えてくれたのなら、年配の女性は母、香織のはずだった。三十代の男性は弟の慎也だろう。

慎也の顔には幼かったころの名残が窺え、年相応に成長していると思えたが、母の変わりように雪宥は胸を突かれた。

目に飛びこんでくるのは、二十一年前にはなかった皺だ。目元口元にくっきりと刻まれ、実際は七十前なのに八十歳くらいに見えた。

かつて、高級エステに通い、あれほど若さと美しさを保つことに必死になっていたのに、見る影もない。

それにこのアパートもだ。雪宥たちが住んでいた家は大きくて、綺麗だった。あの家を売って、ここに引っ越したのだろうか。

少し落ち着き、部屋を見まわすと、隅に小さな仏壇があった。位牌はふたつ、仏壇の横の鴨居《かもい》には写真が二枚。

一枚は六十代くらいの男性、もう一枚は雪宥だった。

大学の入学式のときに撮った写真である。初めて買ってもらった真新しいスーツを着て、照れたように微笑んでいる。

——やっぱり俺、死んだことになってるんだ……。

なんとなく予想はしていたものの、自分の遺影を目の当たりにして、雪宥はたじろいだ。

隣の男性は、義父に違いなかった。写真の姿から推察するに、亡くなったのはここ数年のうちという感じがする。

血のつながっていない義父とは養子縁組もしておらず、息子として可愛がられた記憶もないので、母や弟に比べると、会いたい気持ちや懐かしさは格段に薄かった。

それでも、すでにこの世を去っているのには驚いた。

「よく来てくれたわねぇ」

母の声が聞こえ、雪宥はどきっとした。

もちろん、それは雪宥にではなく、弟家族に向けられたものだった。姿は老けこんでしまったが、声は二十一年前とさほど変わっていない。

慎也はどうやら、生まれたばかりの自分の子どもを妻とともに見せに来たらしい。

感じがよく可愛らしいお嫁さんから、母は孫を抱かせてもらっていた。老いは手にも現れていて、皺だらけのごつごつした手が優しげに赤ん坊をあやしているのを、雪宥は不思議な思いで眺めた。

「お義母さん、ちょっとそこのスーパーで買いたいものがあるので、子どもを見てもらっていいですか」

弟の妻が、座布団に座る間もなくそう言って、部屋を出ていった。出ていく前に、弟と目配せをしていたから、意図的に母と息子と孫だけにしたようだ。

自分がどうなっているのか、この状況からもとに戻るにはどうすればいいのか、不安と焦りはあったが、雪宥はとりあえず、目の前にいる家族の様子を静観することにした。水鏡は大天狗からの祝いの宝物で、雪宥に危害を加えるものではないはずである。

母が抱く赤ん坊を、慎也が横から覗きこんで言った。

「この子、母さんに似てるだろ」

大人になった低い声は弟のものだとは思えなかった。雪宥の記憶のなかで、彼は甘え盛りで生意気な十歳の少年だった。

不動村の土岐家の屋敷で、早く家に帰りたいと駄々を捏ねていたあの弟が、結婚して子どもまでいるなんて感慨深い。

「そう？　私より小さいときの雪宥に似てるわ。父親違いのあんたのお兄さん。どんな顔だったか、覚えてる？」

母がいきなり雪宥の名前を出したので、雪宥は飛び上がった。

「覚えてるよ。そこに遺影だって飾ってあるじゃないか。二十一年前、俺が十歳のときに突然いなくなっちゃった。兄さんが行方不明になったから、うちは土岐家の遺産がもらえなくなったんだよな。不動村の弁護士とずいぶん裁判で争って、でも負けて。それから父さんの会社が倒産して、うちは借金まみれ。父さんは暴力を振るうようになって、家族で無理心中させられそうになったっけ」

「そんなこともあったわね。お父さんが包丁を持って追いかけまわしてきたときの怖かったこと。あんただけでも助けなきゃって、必死になって逃がそうとした。でも、あんたに襲いかかろうとしていたお父さんが急に倒れて、気がついたら、おとなしくなってたの。まるで人が変わったみたいに」

「うん、あれは驚いたよな」

「それからは夫婦で働いて地道に借金を返して、やっと返し終えて、これから楽になるってときにぽっくり逝《い》っちゃった。お父さんが死んで、もう三年になるのね」

雪宥は呆然として、母と弟の顔を見つめた。

驚いた、どころではない。二十一年の間に西川《にしかわ》家が激変し、そんなことになっていたなんて想像もしなかった。遺産が手に入らず、金がなくても、義父は守るべき自分の妻と息子がいるのだから、事業の軌道修正をして頑張っているのだと思っていた。

いや、そうであってほしいという、雪宥の自分勝手な夢だったのか。

「今まで言ったことなかったけどさ、包丁を振り上げた父さんが倒れたとき、俺、匂いを嗅いだ気がしたんだ。土岐のおじいさんの葬儀で連れていかれた不動村で、うんざりするほど嗅がされたアマツユリの匂いだよ。俺さ、あのとき、心中を迫る父さんを止めて変えてくれたのは、兄さんだったんじゃないかと思うんだ。幽霊かなにかわからないけど、俺たちの危機を感じて助けてくれたんだって、俺はずっとそう思ってた」

慎也の言葉に、母は納得していない顔で首を傾げた。

「……それはないと思うわ。あの子は私とお父さんを恨んでたもの。あんただって、もう事情は知ってるでしょう。私たちは大学生だったあの子に、休学して過疎の村で一人残って花を作れと言ったのよ。たった二十歳の子どもによ。金の亡者だった私たちにほとほと愛想を尽かしたあの子は山に入って……遭難したんだわ。その前に言い争いをしていたから、苛立《いらだ》った気持ちのまま深いところに入りこんでしまって、迷ったんだと思うの。可哀想に、身体も見つけてあげられなかった」

そこで母は言葉につまり、涙ぐんだので、雪宥も泣きそうになった。

どれだけ探したって、身体なんて見つかるわけがない。天狗の結界に入ってしまった雪宥は、剛籟坊の伴侶になって生きているのだから。

「土岐家の遺産を不動村に取られて借金まみれになったのだって、バチがあたったのよ。十億を超えるお金に目が眩《くら》み、欲を掻いた私たち夫婦があの子を追いつめた。雪宥は私たちのせいで死んだんだわ」

「でも、行方不明がわかったとき、父さんは兄さんがどこかに逃げたと思いこんでたよな。育ててやった恩を忘れた役立たず、って暴言を吐いたの、覚えてる。じつの父親なのに、怖くなったよ。どんなにいやだと思ってたって、あの村から徒歩で逃げることなんてできなかった。山で遭難したとしか考えられないって警察の人も言ってたのに」

母は疲れたように口元を歪めた。

「あの人は雪宥の心配じゃなくて、お金の心配ばかりしていた。あの言葉を聞いて、離婚しようって本気で考えたわ。でも、私も同類だったと気づいたの。土岐家のお金をせびって、贅沢三昧《ざんまい》して暮らしてきたんだもの。私だって、雪宥が生きていれば、お金を産みだす便利な子どもだとしか思わなかったかもしれない。そういう母親だってこと、雪宥もわかってた。あの子は軽蔑《けいべつ》して、絶望したのよ。醜い母親の姿に。そんな雪宥が、私たちを助けてくれるはずがないわ」

「でも、匂いがしたんだ」

「勘違いでしょう」

慎也は首を振り、頑固に言い張った。

「いいや、勘違いじゃない。絶対にアマツユリだった。あの花、匂いがきつすぎて俺は好きじゃなかったけど、兄さんはいい香りだって気に入ってた。土岐の屋敷にいたときも、兄さんが近くに来ると、花も持ってないのに、あの花の匂いがしたもんだよ。うちにいるときは、そんな匂い感じたことなかったから、余計に印象に残ってる。だからさ、兄さんが助けてくれたんだと思って、母さんも後悔するのはもうやめなよ。あれから二十一年も経ったんだから、いいじゃないか。兄さんは怒ってないよ。俺たちを許してくれてるんだ」

「許してなんてくれないって言ってるでしょ！」

なだめるような慎也の言葉に、母は激しく返した。

腕に抱いた赤ん坊が不穏を察したのか、むずかったけれど、弟にあやされると、きゃっきゃっと可愛い声をあげた。

ブルーのお包みだから、男の子なのだろう。雪宥は赤ん坊をそっと覗いた。

赤くぷくぷくした頰に、ぱっちりした目元、涎《よだれ》で濡れた小さな唇。その顔はあまりにも幼すぎて、母にも自分にも似ているとは思えなかった。

「なぁ、母さん。馬鹿なこと言ってると思うかもしれないけど、俺、この子はもしかしたら、兄さんの生まれ変わりじゃないかって気がするんだ」

「なにを……、なにを言ってるのよ」

雪宥も母と同じ突っこみを、心のなかでした。生まれ変わろうにも、雪宥はまだ死んでいない。これから死ぬ予定もない。

それに、雪宥には、包丁を振りまわして無理心中をはかる父から、弟と母を助けた覚えもなかった。

「冗談で言ってるんじゃない。俺が生きてるのも、結婚して、こうして子どもを持てたのも、あのとき兄さんが父さんを止めてくれたからだ。今さらだけどさ、俺だっていい弟じゃなかったよ。名字と父親の違う兄さんを他人のように思ってた。都合のいいときだけ甘えたり、助けを求めたりするのに、家族の団らんには入ってほしくなかった。兄さんは土岐家の人、俺たちは西川家の人間。父さんがこういう考え方だったから、それに影響を受けてたんだけど、そんな自分が自分でもいやになるよ」

「お父さんのせいだけじゃないわ。母親の私が一番悪かったの。お父さんと雪宥とは血がつながってないから、じつの子と同じように可愛がってあげてとは、気が引けて言えなかった。母親失格よ。雪宥は私が産んだ子で、あの子が甘えられるのは私だけだった。なのに、再婚相手と一緒になって疎外して、挙句、金目当てに住んだこともない村に残れだの、花を作れだの、親不孝だの罵って、あんな仕打ち、するべきじゃなかった。あの子はなにも悪いことをしていないのに……！」

懺悔《ざんげ》する母のしょぼついた目元から、涙がぽろりと零れ落ちた。

雪宥の目からも。

二人がこんなに深い後悔を抱えて生きていることに驚いてもいた。

母の連れ子として西川家に入った雪宥は、手がかからず、聞きわけのいい長男の役割を求められ、母と義父、異父弟にいつも気を使って生きてきた。

彼らは西川家の三人家族として団結し、ひどいときには、土岐家の金さえ手に入れば、雪宥などいてもいなくても同じだという態度を取った。

雪宥がどんなに傷つき憤っても、彼らがそれに気づくことはなかった。わざと気づかないふりをしていたのかもしれないが、同じことだ。

だから、雪宥が行方不明になったあと、遺産を手に入れ損なったことに不満を抱きこそすれ、自分たちがしてきた仕打ちや放った言葉を悔やむなんてありえないと思っていた。

「俺はさ、兄さんがもし怒ってたとしても、母さんがそうして後悔してるのを知れば、許してくれると思う。罪滅ぼしじゃないけど、俺はこの子を兄さんの生まれ変わりだと思って、慈しんで育てるつもりだ」

「だから、この子の名前をユキオってつけたの。雪宥の字を一字取って?」

慎也は頷き、畳の上に指で名を書いた。

雪に生まれる。雪生《ゆきお》。

それが雪宥の甥《おい》の名前だった。

「兄さんのことで、後悔するのはもうやめよう。俺たちは兄さんにひどいことをして、ずっと後悔しながら生きてきたけど、そろそろ前に進むべきだよ」

「でも……」

頷くことができず、老いた母は鴨居にかかっている雪宥の写真に目をやった。

葬儀のときに使ったのだろう。十八歳の雪宥が笑っている。一番いい写真を選んでくれたのだと思う。それは少し色褪《いろあ》せて、本人が見てももの悲しい。

——もしかして、義父を止めて慎也を助けたのは剛籟坊なんじゃ……。

雪宥はふとそう考えた。

義父が急に倒れ、目覚めたら心が入れ替わっていたというのは、自然現象ではなく、不可思議な力が働いていたと思われる。剛籟坊はアマツユリの匂いがするし、雪宥が家族のことを気にしているのを見て、雪宥には内緒でこっそり見守ってくれていたのかもしれない。

美しかった母の手は皺だらけになっている。義父のことや借金で相当な苦労をしてきた証で、そんなになっているのに、許してもらえないと思いこんでいる母が哀れだった。

雪宥は迷いこんだ不動山から帰れなくなったが、剛籟坊に見つけてもらって幸せになっているのだから、後悔なんてしなくていい。理不尽な仕打ちを恨む気持ちは消えているし、時間の流れが違うことに怯え、家族のことを考えないようにさえしていたくらいだ。

母が子を慈しむ母の心を持っていると気づかず、忘却しようとしていた雪宥のほうが、よほど薄情に思える。

「慎也、やっぱり、そんなのおかしいわ。生まれ変わりだと思って、雪宥にしてあげられなかったことを、この子にするの？　そんなの間違ってる。この子も雪宥も可哀想よ。この子は雪生であって、雪宥じゃない。雪宥は……雪宥は……」

堪えきれなくなったように慟哭《どうこく》した母を見たとき、雪宥を押しとどめていたものも一気に溢れでた。

甥を身代わりにして、罪滅ぼしに愛を注ぐ必要はない。そんなにも深く悼《いた》んでもらうこともない。

だから。

「母さん！　慎也！」

泣かないで。

叫んだ瞬間、雪宥の身体は見えない力に引っ張られた。

鏡を使用しているときは声を出してはいけないのに、つい叫んでしまった。

引きこまれたときと同じように、雪宥は再びどこかへ引きずりこまれようとしていた。咄嗟に母に手を伸ばせば、顔を上げた母と目が合った気がした。

「母さん」

雪宥は心をこめて母を呼び、安心させるように笑みを浮かべた。

これが最後の別れになるだろう。慎也に視線を移すと、弟は目も口も開いて雪宥を見ている。

見えているのかもしれない。見えていなくてもかまわない。

「慎也、母さんを頼む」

雪宥はそう言い残し、アパートの部屋から消えた。

8

雪宥は真っ暗闇のなかに閉じこめられていた。

水鏡を覗きこむことで人間界に行ったので、今度は天狗界に帰れるのではないかと期待したが、そんな都合のいいことは起こらなかったらしい。

人間界の怪談でも、鏡の向こうには異次元が広がっているという話はよくある。なんとなく、ここは鏡のなかのような気がした。

騒々しいのが嫌いなのに、声を出してしまったから、普通ならここを通り抜けて天狗界に帰れるところが、閉じこめられたのかもしれない。

「おーい、剛籟坊！　剛籟坊ー！」

まずは大声で剛籟坊を呼び、しばらく待ってみたが、返事はなかった。

夜の暗さとは異質だった。目を開けても閉じても同じで、地面さえ見えない場所に立っていると、気が変になりそうだ。

かといって、むやみに動きまわるのも怖い。

雪宥はしょんぼりとしゃがみこみ、母と弟のことを考えた。二人が雪宥に気づいているかどうかわからないが、とにかく自分なりにけじめはついた気がしていた。

西川家の顚末《てんまつ》に驚愕《きょうがく》し、二人の後悔を知り、雪宥は過去のわだかまりが溶けたのを感じた。今後は家族を懐かしく思い出しても、未練や後悔はなくなっているだろう。

二人も過去に囚《とら》われず、前に進んでくれればいい。

雪宥も剛籟坊と歩いていくのだから。

「……って、今はこんなとこに引きずりこまれてるけどさ。どうなってんだろう」

家族との二十一年ぶりの邂逅《かいこう》に浸る余裕もなく、雪宥はすぐに現実に呼び戻された。とにかく真っ暗で、自分の姿も見えないのである。

音も聞こえず、独り言でもしゃべっていないと不安でしようがなかった。

「剛籟坊、気づいてくれないかな。あ、そうだ！　剛籟坊にもらった羽根があった」

雪宥は胸元を探り、自分のなかに溶けこんでいる羽根の首飾りを取りだし、きゅっと握り締めた。

剛籟坊の翼から取ったこの羽根を持っていると、雪宥の居場所がわかると剛籟坊は言っていた。

見つけてもらえると思いたいが、助けが来るまでぼんやり蹲っていてもしようがない。

「俺だって天狗の端くれだ。なんとかしないと。とりあえず、明かりをつけてみよう」

それは、修行中でもまたチャレンジしていないものだが、防御壁が作れるなら、火も灯せるのではないかと思う。

雪宥は座禅を組んで精神統一し、体内に気を循環させた。人差し指を立て、ろうそくに火が灯るイメージで、振り被った腕をエイヤッと振り下ろす。

指立てからの一連の動作は不要だが、気合である。

すると、指先から二十センチほど先に、ぽうっと小さな火が灯った。

「おおっ！　俺ってじつは才能あるんじゃ！」

わずかな明かりだが、自分の姿が見えて、雪宥は飛び上がって喜んだ。

しかし、こんな小さな火ではすぐに消えてしまうのではないかと不安に思った途端、火は消え周囲は暗闇に戻った。

「否定的なことを考えるから駄目なんだ」

雪宥はもう一度火を灯し、ぶつぶつと呟いて念じた。

「この明かりは絶対に消えない。大きく燃えて、いつまでも俺の行く先を照らす、絶対！」

必死になって自分に言い聞かせ、そのあとはなにも考えないようにする。

明るくはなったものの、床も壁も天井も見えず、自分の身体があるだけだった。やみくもに歩いたところで、出口が見つかるとは思えなかった。

「怪談でよく聞く鏡のなかの世界って、そんな感じだもんな」

家族を思い描いて、鏡に引きずりこまれたのだから、剛籟坊のことを考えれば、戻れるかもしれない。

そう考え、目を閉じ、一心不乱に剛籟坊や天狗館に戻りたいと祈ったけれど、変化はなかった。

どうしてこんなことになったのだろう。

水鏡をくれた美しくたおやかな銀嶺坊の姿が、脳裏に浮かんだ。たしか、騒々しくするとただの鏡に戻るから、静かにしろと言われたのだ。

望むものを見ている間、雪宥が移動するなんて教えてくれなかった。手軽に使える簡単な鏡であるかのように強調していた。

「……あの人、俺に嘘をついたんだ。声を出してただの鏡に戻るだけなら、俺はこんなところに来てない」

大天狗が鏡の使い方を知らない、あるいは性質に気がつかないなんて、ありえない。声を出したら、ここに閉じこめられることを、彼は知っていたはずだ。

雪宥が声を出さなければ、天狗界に戻れたのかもしれないが、それならそうと言うべきだし、ただの鏡に戻るという説明に矛盾が生じる。

意地悪をされたのかなと、雪宥は思った。

宴のとき、伴侶に否定的な天狗もいると、高徳坊は言っていた。銀嶺坊は剛籟坊と一緒に修行をした仲らしいし、人間でたとえるなら親友だったのかもしれない。親友が気に入らない伴侶をもらって、おもしろくなかったのだろうか。

だが、銀嶺坊の思惑がどうであれ、雪宥は鏡のなかと思《おぼ》しき暗闇に閉じこめられてしまった。出られる方法があるならいいけれど、出られなかったら、冗談ではすまない。

方法があったとしても、ここから出られない雪宥に、それを知るすべはないのだが。

「でも、絶対に剛籟坊が探しに来てくれる！」

雪宥は自分に言い聞かせた。

剛籟坊にまた心配をかけることになってしまったのが、心苦しかった。銀嶺坊からもらった鏡を剛籟坊に見せていれば、剛籟坊は鏡の力を読み取ったであろう。

剛籟坊は宝物にはさして興味がなく、雪宥がもらったものも、見せろと言わなかった。隠れ蓑で懲りた雪宥が、宝物系を使うときは自分に相談すると信じていたからだ。

べつに剛籟坊の信頼を裏切るつもりではなかったし、銀嶺坊が嘘をついているなんて、雪宥はもちろん、剛籟坊だって思わないに違いない。

しかし、声を出してしまった雪宥にもうかつなところはあった。

怪我をした雪宥が天狗館に戻っていることを、剛籟坊は蒼赤に聞いて知っているから、部屋にいるはずの雪宥がいなくなっていれば、おかしいと思うだろう。部屋に鏡が転がっていれば、雪宥の行方にピンと来ているかもしれない。

雪宥がどこに閉じこめられていようと、彼はなにがなんでも助けに来てくれる。だから、今の状況はそれほど悲惨ではないと思いこもうとした。

剛籟坊の助けを待ちつつ、雪宥は鏡からの自力脱出を目指し、結界を通り抜けるのと同じ要領で闇をすり抜けようとしたが、闇には取りつける抵抗を感じなかった。

水を掻きわけるように手を動かしても、指先にはなにも当たらず、変化もない。

無力を実感し、手のひらをじっと見つめているうちに、輪郭がぼやけてきて金色の光に包まれているのがわかるようになった。さっと腕を振れば、金粉がそのへんに舞っている。

「おおっ！」

雪宥は感嘆の唸り声をあげた。

これが神通力というものか。剛籟坊がいつまでも見ていたいと褒め、天狗たちが無言で魅入ってしまうほどの力の輝き。

「俺にも本当に神通力があったんだ。まさに金粉が舞い飛んでる……。見えると、いっそうもったいないな」

身体から零れるほどにそれを与えてくれたのは剛籟坊である。剛籟坊の想いを、注がれるはたから捨てているようで、釈然としない。

ふと篠懸の袖が目に入った雪宥は、ぎょっとした。

雪宥が灯した明かりに照らされているのに、端っこが闇に塗りつぶされるようにして消えかかっているのだ。

触ってみても、黒くなっているところに手応えはなかった。

闇の胃袋。そんなことが漠然と頭に浮かぶ。ここにいるものは、闇に溶かされてしまうのかもしれない。

「……ご、剛籟坊、剛籟坊！　助けて、剛籟坊！　俺はここだよ！」

動転した雪宥は羽根の首飾りを手に握り、剛籟坊の名前を必死に呼んだ。

何度も何度も、声が嗄れるほど呼びつづけても、剛籟坊からの返事はない。明かりの届く範囲で歩きまわったけれど、出口は見つからず、明かりから遠ざかれば遠ざかるほど、闇に取りこまれやすくなる気がした。

「なんでこうなるんだよ……」

頭を掻き毟《むし》って後悔してももう遅い。

不老不死の肉体になったのだから、死ぬことはないと思っていた。剛籟坊がいるかぎり、幸せな日々がつづくのだと。

それが、こんな恐ろしい空間でたった一人、闇に溶けて消えるなんて怖すぎる。

「そんなのいやだ！　剛籟坊……！」

雪宥は自分の灯した明かりに近づいた。

袖から始まった闇の部分は、少しずつ広がっているように感じる。こんなふうに、自分の肉体も黒くなり、触れることもできなくなるのかと思うと、あまりの恐怖で頭がおかしくなりそうだった。

雪宥は間違いなく、人生で一番死に近づいていた。死にたくなかった。やっと天狗に転成したばかりなのだ。剛籟坊の伴侶として恥ずかしくないよう、神通力も鍛えて一人前になろうとしていたのに。

ここで終わってしまう。闇に溶ければ、今度こそ、雪宥の身体は見つからない。

母が泣いたように、剛籟坊も泣いてくれるだろうか。

剛籟坊を思えば、胸が締めつけられた。彼は雪宥に似たややこが欲しいと言っていたのに、このままだと産んであげられない。

雪宥だって、剛籟坊のややこが欲しかった。

人間であれば、男同士で愛し合っても子どもはできない。それが、雪宥は産めるのだ。なのに、男は産めないものだから意識がついていかないとか、心の準備ができてないとか勝手な言いわけをして、先延ばしにしようとした。

子どもを産むなんて未知のこと、怖いに決まっている。どんなに先延ばしにしても、剛籟坊が許してくれる、いつだって望めば好きなときに産めるのだからと甘く考えていた。

馬鹿だった。この世に不変のものなどありはしない。不老不死の天狗だって、例外ではない。

死に近づいた今になって、雪宥は剛籟坊のややこが欲しいと心から願った。剛籟坊のためにも、産みたい。

それは、雪宥が剛籟坊と結ばれた証だ。残さずに死んでどうする。

「剛籟坊のところに戻りたい。戻って、ややこを産む。俺に似たのと、剛籟坊に似たの、一人ずつ絶対に産んでやる……！」

蹲っていた雪宥は、顔を上げてそう叫んだ。

ここでおとなしく無抵抗で闇に喰われてたまるものか。雪宥にはやりたいことがたくさんあるのだ。

「俺も頑張るけど、剛籟坊も早く来て！」

雪宥は剛籟坊を呼びつつ、新たに灯した火を矢に見立て、前後左右上下に手当たり次第に飛ばしてみた。

どの方向も、すぅっと消えて、音もしなかった。

あれやこれやと試しているうちに、かすかに声が聞こえてきて、雪宥は伸び上がり、息を止めて耳に意識を集中させた。

「……、……」

たしかに聞こえる。自分を呼ぶ剛籟坊の声を、聞き間違うことはない。

「気づいてくれたんだ！　剛籟坊！」

希望が湧いた雪宥の足に、なにかが触れた。下を見ると、黒い手がいくつも湧きでてきて、雪宥を摑もうとしている。

雪宥は絶叫して、飛び上がった。

猛烈に焦りながら、修行でなんとか会得した飛行術の初歩で宙に浮いたが、身も凍る恐怖心をもってしても、三十センチ浮き上がるのが精一杯だった。

雪宥を探し、見つけられないでいた黒い手は、だんだん伸びてきて、はじめは指先だったのが、手首が現れ、肘まで出てきた。

「俺はもっと上に行ける！　あいつらが届かないところまで、上るんだから！」

雪宥が念じると、一気に三メートルほど浮き上がった。

黒い手は今や、頭らしきものまで出てきており、固唾《かたず》を呑んで見ている先で、やがて完全に人の形を取った。全身真っ黒で、目鼻、髪はない。

宙に浮いた雪宥から舞い落ちる神通力の金粉を、闇は喜んでいるようだった。黒い手を振りまわして我先に金粉を摑み、それを吸収して腕が太くなっていく。

「大きくなるのか……！」

これでは、神通力をやつらに恵んでいるのと同じだ。雪宥の神通力は減っていき、力尽きたら浮いてもいられず、やつらの餌食となってしまう。

そこで雪宥は神通力が漏れないよう、体内に集めて循環させるイメージを描いた。修行場ではいくらやってもできなかったのに、これが火事場の馬鹿力なのか、金粉がぴたりと止まった。

「よしっ！」

雪宥は拳を握ったが、それは闇を怒らせたようだった。声もないのに、怒りが空気を震わせ、頭上に浮いている雪宥に殺気が集まる。

もっと高く上りたいのに、焦りが邪魔してうまくいかない。

黒い人々は互いを踏み台にして上り始め、頂点に立ったものが、ついに雪宥の足首を摑んで宙から引きずり下ろした。

黒い手の力は強く、抵抗する間もない。

もう駄目だ。落ちてしまったら闇に喰われる。

「わぁーっ！」

悲鳴をあげたそのとき、頭上の暗闇が裂けた。

眩《まばゆ》い光が鋭く差しこみ、そこから飛びこんできたのは、やはり剛籟坊だった。

「雪宥！」

「剛籟坊、剛籟坊……っ」

翼を広げ、両手を差し伸べて飛んできてくれる剛籟坊へ、雪宥も黒い人々を振り払って飛んでいこうとした。

道があろうがなかろうが、関係ない。雪宥は剛籟坊のところへ行きたいのだ。

そう思うと、身体がふわりと浮き上がった。今までとは違う感覚だった。

足を使わず、泳ぐような気持ちで宙を飛び、剛籟坊の腕のなかへ飛びこむ。

もう大丈夫だと安心したとき、剛籟坊の後ろから黒い手がものすごい勢いで出てきて、彼の首に巻きついた。

「ぐっ……」

剛籟坊は顔をしかめて呻いたが、黒い手を片手で摑むと、無造作に引きちぎって捨てた。

しかし、黒い手は地面だけではなく四方八方から伸びてくる。

剛籟坊の白い翼を複数の黒い手が摑んだのを見て、雪宥は逆上した。彼の翼は絶対に奪わせない。

「剛籟坊に触るな！　離せ！」

猛然と黒い手を叩き落としたが、逆に雪宥の手を摑まれてしまう。

引っ張られてバランスを崩した雪宥を、剛籟坊が抱きなおした。鬱陶《うっとう》しそうに翼を数度羽ばたくと、黒い手が焼き切れたようにちぎれて落ちる。

「きりがないな」

そう呟いた剛籟坊は、腰に佩《お》びていた太刀を抜いた。刃自体が光を放っているのか、白銀に煌めいている。

寄ってくる闇を泥のように斬り捨てる剛籟坊の剣術に、雪宥はこんなときだというのに見惚れてしまった。

剛籟坊がすごいのは、なにをするときでも、雪宥を縦抱きにしているところだ。片手が完全にふさがって動きも制限されるはずなのに、彼はハンデをものともしない。

伸びてくる手をあらかた退けた剛籟坊は、大きく羽ばたき、彼が破いた闇の裂け目へと突っこんでいく。

太刀で撃退した手もすぐに立ちなおり、剛籟坊と雪宥のあとを追いかけてきた。

「やだ、来るな！　あっち行けって！」

加勢しようと、雪宥が剛籟坊の羽根の首飾りを外して振りまわせば、それは金色を帯びた小太刀のように闇の手を切り裂いた。

「よくやった」

剛籟坊が褒めてくれたと同時に、二人は裂け目をくぐり抜けた。

周囲が急激に明るくなって、目を開けていられない。気づいたときには、天狗館の剛籟坊と雪宥の部屋に戻っていた。

畳の上に水鏡が落ちている。

抱いていた雪宥を下ろし、太刀を鞘《さや》に収めた剛籟坊は、鏡を手に取った。裏返しにして布の入れ物に包み、離れたところに置いてから、改めて雪宥を抱き竦めてくる。

「無事でよかった」

「うん……うん。ごめん……」

その力の強さが嬉しく、雪宥も彼にぎゅっとしがみついた。

温かくて大きな身体、アマツユリの香りが混じる剛籟坊の匂い。もう絶対に彼から離れない。彼に黙って余計なことはしない。

不老不死の肉体になろうとも、剛籟坊と雪宥、二人の世界が永遠につづくとはかぎらないのだ。

鏡に囚われていた時間はわからないけれど、ずいぶん長く離れていた気がする。逞しい胸に顔を擦りつけ、何度も匂いを嗅いで落ち着きを取り戻し、雪宥は事情を説明した。

「俺、水鏡を使って、人間界を覗いてみようと思ったんだ。銀嶺坊さまは気軽に使えるって言ってたし、母と弟のことが気になったから。二人の様子は見たんだけど、そのあと、俺が声を出しちゃって……。気づいたら、あの暗闇に引きずりこまれてた」

「あれは水鏡ではなく、水月鏡《すいげつきょう》だった。お前の姿が消え、この部屋に落ちていた鏡を手に取り、覗いてみてようやく俺も気がついた」

「……え？　水鏡と水月鏡っていう二種類の鏡があるってこと？」

「そうだ。外観はそっくり、用途も似ているが、水鏡は鏡が映すものを鏡越しに見るだけの簡単なもので、見られるものは少なく時間も短い代わりに、声を出しても危険はない。水月鏡は見たいものを思い浮かべると、鏡のなかの道を通して、その場に連れていって望むものをいくらでも見せてくれる。だが、そこで声を出せば、鏡のなかに閉じこめられる」

「鏡のなかってさっき俺がいたところだよね」

「ああ。あそこは時の狭間で、どこにも逃げ場がない。お前を摑もうとしていた闇の人型は、そうして時の狭間に取り残され、朽ちたもののなれの果てだと言われている。あれに囚われると、もう二度と抜けだせず、あれと同化してしまう。俺の神通力をもってしても、時の狭間で長時間とどまることはできんのだ。お前が俺の羽根を持っていたから、すぐに見つけることができた。間に合ってよかった」

まさに、間一髪だったのだ。雪宥はすでに宙から引きずり下ろされていて、あと一分でも剛籟坊が遅かったら、闇に蠢く顔もない人型となり、永遠に鏡に閉じこめられてしまうところだった。

ぞっとして身体を震わせると、剛籟坊が頭や背中を労《いたわ》るように撫でてくれた。

「ありがとう、剛籟坊。絶対に来てくれるって信じてた。あの闇のなかで、剛籟坊のことばっかり考えてた。また勝手なことして、ごめんなさい」

雪宥は素直に謝った。

「お前のせいではない。祝いの品だと、確かめもしなかった俺が悪い」

「声を出してはいけないって言われてたのに、約束事を破ったのは俺だよ。不用心で危機感が足りなかったと思う」

剛籟坊が責めなくても、そこは反省すべき点である。

「いや、水月鏡を使うと、声を出すように仕向けられるのだ」

「……誰に？」

「鏡だ。正確には鏡が宿している闇に」

時の狭間に囚われるものが増えるにつれ、闇も大きくなり、水月鏡はひとつの意思を持つようになった。

それは、仲間を増やすこと。自分と同じように鏡を使い、無事にもとの世界へ帰るなんて、許せない、妬ましい。声は一言でいいのだ。ああ、と呻くだけでかまわない。

「つまり、うっかり叫んだり、どうしても話しかけずにはいられない気持ちに、鏡が仕向けるってこと？」

「そうだ。だから、天狗が使うときは、まず自ら声を封じてから鏡を覗く。そうすれば、闇に誘われるまま口を開いても、声は出ないからな」

どうやら雪宥が思っていたよりも、水月鏡は危険なものだったようだ。そんなものを、銀嶺坊はなぜ、雪宥に贈ったのだろう。

「……銀嶺坊さま、間違えたのかな」

「間違える？　俺の伴侶への祝いの品をか。ありえんな。すぐに銀嶺坊を呼んで問い質す。それなりの報復を受けさせねば、俺の気がおさまらん」

剛籟坊は厳しい表情で言った。

報復と聞いて、雪宥は不安な顔で剛籟坊を見上げた。

怒った彼は苛烈《かれつ》だ。天佑坊が翼を毟り取られたときの悲鳴、泰慶と広法が翼ごと身体を燃やされたときの絶叫と焦げた匂いを、今でも覚えている。

彼らは剛籟坊に逆らったから、そうしなければならなかったが、神通力を使える天狗同士の争いは恐ろしい。

銀嶺坊は白間山の主である。大天狗である以上、力も強いだろうし、反撃されて剛籟坊が傷つく可能性があるなら、争わないでほしかった。

「なにか、理由があったのかも」

「今さらどういうつもりだったかなど、関係ない。お前が恐ろしい目に遭わされた。どんな理由があろうとも、俺を騙し、俺の伴侶の命を奪う可能性があるものを贈って寄こした。それだけだ。到底許せるものではない」

雪宥はなんとか取りなそうとしたけれど、どうあっても、剛籟坊の怒りは鎮まりそうになかった。

9

高徳坊に伴われた銀嶺坊が不動山を訪れたのは、剛籟坊が使いの烏天狗を白間山にやった数時間後のことだった。

蒼赤から知らせを受けたとき、雪宥は闇の手に触れられて気持ちが悪かった身体を、箱庭の屋敷の風呂で洗い流し、薄花色の単衣をまとって剛籟坊の膝の上で休んでいた。

いろいろ話したいこともあったのだが、二人はほとんど無言だった。剛籟坊は憤りでピリピリしており、雪宥は雪宥で、初めて神通力を大量に使ったせいか、かつてないほど疲れていたのだ。

水月鏡の本当の恐ろしさを知って、恐怖がぶり返してきたのもある。

「もう来ただと。早すぎる。俺の呼びだしを受けて来たのではなく、すでにこちらへ向かっていたようだな。用件は間違いなく水月鏡のことだろう。お前はここにいろ。高徳坊どのもおるゆえ、滅多なことはないだろうが、銀嶺坊がなにをしでかすかわからん」

雪宥を膝から下ろし、剛籟坊は立ち上がった。

「いやだ。俺も行く」

「駄目だ」

さっさと歩きだす剛籟坊を、雪宥は小走りで追いかけた。

銀嶺坊がなぜ水月鏡を水鏡と偽って渡したのか気になるし、今は剛籟坊と一秒でも離れたくなかったのだ。それに、剛籟坊の前で、銀嶺坊が雪宥になにかするとは思えない。

剛籟坊も、蒼赤に命じてまで雪宥を部屋に連れ戻させようとはしなかった。ついてきてもいいとは言わなかったが、雪宥の好きにさせてくれるつもりらしい。

少し前には盛大な宴が催された雪花の間の襖を開けると、美しい二人の大天狗が神妙に待っていた。

剛籟坊はつかつかと歩み寄り、彼らの前にどっかりと座った。雪宥も剛籟坊の背中に半分ほど隠れるようにして腰を下ろす。

「報せもなく押しかけた非礼をお詫びします。今日は急ぎのお話があってまいったのです」

高徳坊が急なおとないを詫び、話を切りだそうとしたが、剛籟坊は片手を上げて止め、銀嶺坊を睨みつけた。怒りで、高徳坊への敬意を払えなくなっているのだろう。

「お前、よくも水鏡だなどと謀《たばか》って水月鏡を渡したな。雪宥は時の狭間に閉じこめられかけたのだぞ。俺が助けに行くのがあと少し遅かったら、どうなっていたと思う。なぜこんなことをした」

銀嶺坊ははっと慄《おのの》き、白く細い指で口元を押さえた。

「では、すでに使ってしまったのですね、あの鏡を」

「白々しい。雪宥に使えと言って寄こしたのはお前だ」

剛籟坊は吐き捨てるように言った。

「ええ、そのとおりです。申し訳ありません。お詫びのしようもないことですが……、あそこから出てこられて本当によかった」

雪宥の無事を知り、胸を撫で下ろしている銀嶺坊の様子に偽りはなさそうに見える。けれど、彼が危険を承知で水月鏡を雪宥に渡したのも、確かなようだった。

「なぜだ、銀嶺坊」

怒鳴りつけたりはしないが、剛籟坊の声音には震え上がるほどの冷たい怒気が渦巻いている。

銀嶺坊は剛籟坊をせつなげに見つめ、血の気の引いた唇を開いた。

「嫉妬したのです、雪宥どのに。剛籟坊、私はあなたのことが……好きだった。ずっと前、ともに修行をしていたころから、いえ、あなたを初めて見たときから。けれど、あなたは私を恋うる対象として見てはくれなかった。想いを打ち明ける勇気はなく、それでも、私はあなたとともにいられるだけで満足でした。ですが、あなたは不動山の主となり、ともにいることさえできなくなってしまった。私もまた白間山を預かり、主としての責任ができた。私はあなたへの想いを胸に閉じこめ、隠そうとしました。あなたが生餌を摂《と》らないのは知っていたし、誰にも触れず、一人でいるなら耐えられると思ったのです」

これまで秘めていた想いを打ち明けて、銀嶺坊は畳に手をついてうなだれた。

彼の告白は、それほど雪宥に衝撃を与えなかった。雪宥にも剛籟坊の過去を知る旧友に対する嫉妬があって、あまり考えないようにしていたけれど、宴のときからうすうすそんな予感がしていたのかもしれない。

自分のものにはならずとも、ほかの誰のものにもならないなら我慢できると思っていたのに、剛籟坊は人間から伴侶を迎えてしまった。

そして、天狗へと転成させ、大勢の天狗たちの前でお披露目をすると言い、銀嶺坊も招かれた。

銀嶺坊は愛する男と、男が娶った伴侶を笑顔で祝福しなければならなくなったのだ。

「行きたくなかった。見たくなかった……！　けれど、あなたにそんなことは言えなかった。はじめは、あなたが選んだ伴侶なのだからと、自分を納得させようとしたのです。でも無理でした。私は嫉妬でなにもわからなくなり、愚かにも雪宥どのがいなくなれば……と、そんなことを考えてしまった。水鏡と水月鏡はとても似ていて、実際に鏡を覗いてみなければ違いがわかりません。水鏡にも水月鏡にも興味のない剛籟坊は、私からの贈り物をわざわざ鏡を覗いてまで確認することはないでしょう。もし、使用前に見破られれば、間違えたと言い張るつもりで、私は雪宥どのに水月鏡を渡しました。天狗の世界に来た人間は、人間の世界を懐かしむもの。いつか必ず覗くとわかっていました」

懐かしんで、というより、手遅れになる前に家族を見たいという思いからだったが、結果的に彼の思惑どおりの行動をしてしまった雪宥は少し落ちこんだ。

銀嶺坊は剛籟坊のことも、よく知っている。たしかに剛籟坊は、友人から贈られた祝いの品の真贋《しんがん》を気にしたりはしなかった。

しかし、首尾よく雪宥がこの世から消えても、銀嶺坊と剛籟坊の関係がよき友人のままつづくとは思えない。間違えた、などという言いわけは、もはや通用しないのだ。

銀嶺坊が顔を上げ、剛籟坊を見つめた。その美貌は、叶わない恋に苦しみ歪んでいてさえ輝きを放っている。

「私のしたことを知れば、あなたは私を許さないでしょう。それで、よかった。あなたに八つ裂きにされて殺されたほうが、伴侶と幸せに暮らすあなたを見るよりましだと思ったのです。でも、宴が終わると、私は次第に自分のしたことが怖くなってきました。私の勝手な想いで、剛籟坊は永遠と定めた己の伴侶を失ってしまう……」

くっと言葉につまった銀嶺坊のあとを、高徳坊が引き取った。

「銀嶺坊は大変なことをしてしまったと後悔し、わたくしのところへ駆けこんできたのです。すべてを正直に話すことが一番の方法だと、わたくしは諭しました。不動山に異変がないということは、雪宥がまだ鏡を使っていない証拠。間に合えば、剛籟坊も雪宥も許してくれると。急ぎまいったのですが、一足遅かったようですね」

「剛籟坊、雪宥どの、申し訳ありませんでした。好きだと言いながら剛籟坊の幸せを願いもせず、あまつさえ奪おうとするなど、私は本当に愚かだった……！」

片手で顔を押さえ、指の間から涙をはらはらと零して謝る銀嶺坊を見ていると、雪宥の心に同情が湧いた。

無事に帰ってこられたからこその同情、剛籟坊を独り占めしているからこその同情だが、長く美しい銀髪を振り乱し、泣き崩れている銀嶺坊は可哀想だった。

けれども、雪宥の同情など、銀嶺坊には不要なものだろう。銀嶺坊がどれほど剛籟坊を好きでも、雪宥は剛籟坊の髪の毛一本だって譲る気はない。

剛籟坊を窺うと、同情の欠片《かけら》もない険しい表情を隠しもしていなかった。長く秘めてきた銀嶺坊の想いは、彼になんの影響も与えていないようだ。

「お前は間に合わなかったのだ、銀嶺坊。無事だったとはいえ、雪宥は闇に襲われ、死の恐怖を味わった。お前も同じ目に遭わせてやりたい」

「ああ、剛籟坊……。ごめんなさい。あなたを誰にも渡したくなかったのです。雪宥どのにはなんの罪もないのに、ひどいことをしてしまった。どうか、許してください」

「許すだと？　お前のしたことは万死に値すると知れ」

「……っ！」

にべもない剛籟坊の態度に、銀嶺坊は言葉を失い、激しく嗚咽《おえつ》した。

自分よりも大人の男性が身も世もなく泣いているところは、見てはならないものを見ているような気にさせられる。

雪宥がそっと目を逸らしたとき、剛籟坊が静かに言った。

「俺は永劫《えいごう》に雪宥のものだ。雪宥を愛している。たとえ雪宥が俺を愛していなくても、俺は雪宥だけを愛している。雪宥がいなくなった世のことなど、考えられない。雪宥が時の狭間に囚われ闇と同化したら、俺もそこへ行く。どんな姿になろうとも、俺は雪宥と離れない。雪宥が死ねば、俺もあとを追う。血肉を失っても、魂となって寄り添えよう。俺と雪宥を分かち、孤独たらしめるものはなにもないのだ」

それは命を懸けた熱烈な愛の告白であると同時に、残酷無比な拒絶でもあった。

胸を揺さぶる深い感動が雪宥の目から涙を溢れさせ、魂を凍らせる深い絶望が銀嶺坊の目から新たな涙を零れさせた。

剛籟坊のなかには、雪宥しか存在していなかった。銀嶺坊のせつない想い、悩み、葛藤《かっとう》、懺悔は剛籟坊の心になにひとつ届かず、響きもしない。

銀嶺坊は涙で溺れそうなほど泣いているのに、雪宥は剛籟坊の気持ちが嬉しくて嬉しくてたまらなかった。

黄泉路も二人で、という剛籟坊の想いはすでに知っていたけれど、黄泉路にたどり着けず、時の狭間で闇と同化しても、剛籟坊は一緒にいてくれるのだ。

生きていても死しても闇となっても、永遠に二人。

こんな幸福があっていいのだろうか。

「……いっそ、いっそ私を殺してください……っ」

号泣する銀嶺坊が、喘ぎながら叫んだ。

「そうしてやりたいが、白間山の主を奪うことはできん。俺も御山を預かる大天狗。慈悲というものがある」

それは白間山に棲まうものたちへの慈悲で、銀嶺坊に対するものではない。あまりにも容赦がなく、雪宥が銀嶺坊の立場だったら、この場で息絶えてしまいたくなるほどだ。

銀嶺坊をどうしてやろうかと考えているらしい剛籟坊の服の袖を、雪宥は引っ張った。

「もういいよ、剛籟坊。鏡のなかは怖かったけど、怪我もしてないし、俺なら大丈夫だから。許してあげて」

「あんな目に遭いながら、まだ許せと言うか。お前は優しすぎる」

剛籟坊の目尻がほんの少し緩んだ。

優しいわけではないと思う。銀嶺坊は恋敵の雪宥になど庇われたくないだろう。許してやれだなんて、愛されている者だけが口にできる、傲慢《ごうまん》な台詞だ。

それでも、言わなければならない。銀嶺坊はもう、死にも等しいほど傷ついていて、剛籟坊の救済が見こめないのだから。止められるのは雪宥しかいない。

「剛籟坊、わたくしからもお願いしましょう。雪宥の気持ちを汲《く》んで、許してやってはもらえませぬか。銀嶺坊はあなたの先ほどの言葉で、恋心を粉々に砕かれ、死よりもつらい悲しみに打ちひしがれているのです。二度と同じ過ちは犯しますまい。どうか、寛大な気持ちで許してあげてください」

「お言葉だが、再度過ちを犯す機会を俺が与えるとお思いか。銀嶺坊よ、お前の顔は永劫に見たくない。今後不動山に近づくこと、まかりならん」

高徳坊の取りなしにも、剛籟坊は納得できなかったようだ。

「……も、もっともだと、思います」

ショックを受けた銀嶺坊が、蒼褪めた表情を震わせてそう呟いた。

「え、永劫っていうのは、ちょっと長すぎるんじゃ……」

雪宥は思わず、口を挟んでしまった。

自分のしたことを悔い、自ら出向いて謝罪したのに、あまりにも可哀想に思えてきたのだ。もちろん、銀嶺坊は雪宥を永劫に消し去ってしまいたくて水月鏡を渡したのだから、彼のほうが格段にひどいことをしていて、永劫に会いたくないと言われても仕方がないのだが、雪宥はこうして元気に戻ってきて剛籟坊に愛されている。

これが結果だった。

「俺は情状酌量してあげても、いいと思う」

雪宥がそう言うと、高徳坊が優しく微笑んだ。

「そなたの慈悲深さは、まさに人間から成った伴侶のものですね。わたくしも剛籟坊に重ねて頼みます。銀嶺坊には、剛籟坊の許しが得られるまでは剛籟坊と雪宥、不動山には近づかないことを約束させ、大天狗の会合にも自粛を求めます。白間山で己がしたことを反省し、心を入れ替えたかどうか、わたくしがよくよく確かめ、あなたにお報せしましょう。許しを与えるかどうかは、あなた次第。いかがですか、剛籟坊」

剛籟坊は気難しい顔をしていた。

たった数時間前に最愛の伴侶を奪われかけ、怒り狂っていたのだから、気が治まらないのも当然だろう。

しかし、膝の上で強く握られていた剛籟坊の手を、雪宥がそっと包みこみ、指で優しく愛撫すると、頑《かたく》なな拳はゆっくりと綻んでいった。

「高徳坊どのにお任せしよう」

雪宥の手をしっかりと握り、剛籟坊は承知した。

高徳坊と銀嶺坊が不動山を辞し、部屋に戻って剛籟坊と二人きりになると、雪宥は飛びかかるようにして彼に抱きついた。

「どうした？　鏡の闇を思い出して怖くなったか？」

揺らぎもせずに受け止めて、剛籟坊も雪宥を抱き締めてくれた。苦しいくらいが、ちょうどいい。

「違う。剛籟坊にくっついていたいだけ。……さっき、嬉しかった。剛籟坊の心のなかに俺しかいないってわかったから」

「さっき、わかったのか？　俺はずっとお前にそう言いつづけてきたと思うが」

「知ってたけど、再確認したっていうか、俺の心の奥底にまでドーンって響いて、すごく感動してる」

「今までは響いていなかったのか……？」

まさかそんな、と言わんばかりの剛籟坊の声に、雪宥はなんと返せばいいかわからなくなって、結局笑って誤魔化《ごまか》した。

剛籟坊はいつだって変わらない。真摯《しんし》に雪宥だけを愛してくれていて、それを伝えることも忘れない。

雪宥だって、以前のすれ違っていたころとは違い、剛籟坊の想いを素直に受け止めて嬉しく思っているが、こういうことは何度聞いても感動するし、聞くたびに感動は深まっていくものなのだ。

それはきっと、剛籟坊を愛する雪宥の気持ちが、どんどん強まっているからだろう。

雪宥は剛籟坊の精がなければ生きていけないけれど、本当に死に至るのは、彼の愛が失せたときだと思っている。

「水月鏡を使って、なにを見た？」

剛籟坊に訊かれ、雪宥は顔が見えるぶんだけ身体を離した。

「母さんと弟を。俺はずっと天狗館にいて、まだ二十歳のつもりだったけど、もう四十一歳だって蒼赤に言われたんだ。そうしたら、不意に母さんと弟のことが気になった。とくに母さんは七十近いし、死んでしまう前にどうしても会いたくて。話せなくても、元気にしてる姿を見られればいいと思って水鏡を使った。簡単に使えるって、銀嶺坊さまに言われてたから……ごめん」

「それはもうかまわない。ちゃんと、見られたか？」

「うん。母さんが老けてて驚いた。弟は結婚して、赤ん坊がいたよ。雪生って名前だった。俺の名前から一文字取ったんだって。二人とも、俺が山に迷いこんで死んだと思ってて、すごく後悔してた。二人の会話を聞いて知ったんだけど、包丁を持って襲いかかろうとした義父さんから二人を助けて、義父さんの心を入れ替えさせてくれたのは、剛籟坊？」

「……そうだ」

剛籟坊は目を逸らし、気まずそうに頷いた。

「天狗は人間界に干渉したら駄目だってあんなに言ってたのに、どうして……」

雪宥は途中で黙った。そんなのは雪宥のために決まっている。

「お前が気にしていたからだ。なにかのきっかけで、家族のことをお前が知ったとき、義父に殺されて一家心中した、などとは知らせたくなかった。お前は自分のせいだと、気に病むに決まっているからな」

「ずっと人間界の様子を見ててくれたの？」

「見ていなくては、なにかあったときに動けない」

雪宥が天狗の世界で、剛籟坊に守られて安穏と暮らしている間に、剛籟坊は流れの遅い人間界の様子を一人で探り、雪宥のために手助けしてくれていた。

そのことを、雪宥に一言も告げずに。

時期を考えると、心中騒動が起こったときには、雪宥は天狗界と人間界の時間の流れが違うことを知らず、まだ家族に会いたいだとか、不動村に行きたいだのとごねては剛籟坊を困らせていたはずだ。

言ってくれれば、もっと聞きわけよくできたのに、と思ったものの、お前の家族は借金を背負い、心中騒ぎを起こしていたからさりげなく手を貸しておいた、とそのときに言われても、困惑するだけで信じられなかったに違いない。

それどころか、剛籟坊が家族に会ったのなら、自分も会わせろと、いっそう駄々を捏ねていただろう。

「剛籟坊には助けられてばかりだ。俺は全然知らなくて、我儘《わがまま》もたくさん言った。ごめんね」

「知らせていないのに、知っていたら俺が困る」

子どもをなだめるように、頬を親指で擦られ、雪宥は笑った。

今知ったのなら、礼は今言えばいい。剛籟坊は遅いと怒ったりしないのだから。

「ありがとう。母さんと弟、義父さんを救うことで、家族を思う俺の心を守ってくれて。義父さんは三年前に亡くなったそうだけど、母さんと弟には、俺なりの別れを告げられたと思う。これで心残りはなくなった。俺はもう振り返らない」

家族と訣別し、今、ようやく自分は心から天狗になったのだと思った。

人間であった時代は過ぎ去り、雪宥は新しい道を歩んでいく。母と弟は違う世界の異なる時間に生き、そして死ぬ。追憶もまた過去となるだろう。

雪宥はそれを恐れない。死も忘却もすべてを受け入れ、悔いも捨てて愛しい天狗と前へ進みつづける。

暗闇でした決意を剛籟坊に告げるため、雪宥は膝の上でできるだけ姿勢を正した。

「鏡のなかから無事に帰ってこられたら、剛籟坊に言おうと思ってたことがある」

「なんだ」

「俺、剛籟坊のややこを産みたい」

「……。弟のややこを見たからか？」

さすがの剛籟坊も驚いたのか、珍しく目を見張っている。

「赤ん坊は可愛かったけど、それは関係ない。闇に閉じこめられたとき、すごく怖くて、死ぬかもしれないと本気で思った。でも、ここで死んだら、剛籟坊にややこを産んであげられなくなる。俺だって、剛籟坊のややこが欲しい。望めば産めるのに、怖いとか言って先延ばしにするなんて、俺はとんだ甘ったれの馬鹿だった。それがわかったんだ」

「死にそうになったからといって、早急に決めなくてもいいんだぞ」

生命の危機が雪宥を焦らせていると、剛籟坊は思ったらしい。

闇のなかではたしかに焦りもあっただろうが、こうして剛籟坊に抱かれていても、産みたい気持ちは変わらなかった。むしろ、その思いは高まっている。

「いっときの気の迷いなんかじゃない。人間界では子どもは授かったって言い方をするんだ。天狗界で授けてくれるのは剛籟坊だよね。剛籟坊が俺に授けてもいいと思えるようになったら、すぐにそうしてほしい。俺の心の準備はできてるから」

「俺のややこを産みたいと言うか」

「うん」

力強く頷く雪宥を、剛籟坊が眩しそうに目を細めて見つめている。

ややこを産んでも産まなくても、雪宥は剛籟坊の唯一の伴侶だ。

死んでも一緒にいると約束してくれた。二人の絆は充分に深く結ばれているけれど、子どもが増えたらもっと幸せになれるはず。

楽しいこと、嬉しいこと、苦しいことでさえ、剛籟坊と共有したかった。

剛籟坊が甘やかすから、雪宥はずいぶんと贅沢になってしまい、彼とともにでなければ、生きることも死ぬこともできない。

「神通力の使い方も、上達しているな。目を離した隙に、いつの間にやら体内にとどめて、循環できるようになっている」

雪宥の変化を見逃したことを、剛籟坊は悔しがっているようだ。

「時の狭間に落ちて、火事場の馬鹿力が出たみたい。助けに来てくれたとき、闇のなかに明かりが灯ってるの、見た？　あれも俺がやったんだよ。黒い人型から逃げたくて、けっこう高くまで浮き上がったし、距離は短くても、剛籟坊のところまで飛んでいけた。あの感覚を忘れなければ、きっと大丈夫だと思う。剛籟坊の羽根だって使えたよね。正直に言うと、あれはなにも考えずに振りまわしただけなんだけど……」

得意げに話していた雪宥は、そこで胸元を見下ろし、羽根の首飾りを取りだした。雪宥の支えとなり、剛籟坊の道しるべとなり、守り刀にもなった。

感謝をこめて口づけると、剛籟坊が焼きもちを妬いたみたいに羽根を軽く手で払い、代わりに彼の唇を差しだしてきた。

雪宥はたまらずに笑い、望みどおりにしてあげた。

ちゅっちゅっと可愛らしい音をたてて細かく口づけ、下唇を甘噛みする。剛籟坊は雪宥の上唇を吸い上げた。

少しずつ舌を出し、舐めたりつついたりしてたわいない触れ合いを楽しむ。

深く絡め合ったわけでもないのに、唇が離れるとき、唾液の糸が引いた。

濡れた唇を拭いもせず、雪宥は剛籟坊の顔を両手で包み、じっくりと眺めた。見れば見るほど男前だ。

こんなに恰好よくて、力も強いのだから、銀嶺坊が惚れるのも仕方がない。あんなに美しい天狗を何十年、何百年と近くで見ていながら、心揺らしもせず、雪宥だけを見て綺麗だの可愛いだのと褒めまくるとは、剛籟坊の審美眼は少しおかしいのかもしれない。

今も、剛籟坊を見つめる雪宥に、夢中になって見入っている。彼の黒い瞳に宿る愛しさや熱意が、雪宥をも燃え立たせるのだ。

鼻先で囁くようにして、雪宥は言った。

「……俺、神通力の色も見えるようになったよ。剛籟坊は俺と同じで、少し赤みがかった金色。銀嶺坊さまは氷のような銀色。高徳坊さまは紫色だった。蒼赤は白いんだね」

さらに、大天狗の神通力は烏天狗に比べると、非常に凝縮されて密度が高い。力の差は歴然としていて、圧倒的でさえあった。

「お前、本当に成長したな」

「ほんのちょっとだよ」

ふと思いつき、雪宥は親指と人差し指で二センチほどの隙間を作ってみせた。

目指すところはもっと高いとわかっているが、二ミリの十倍は成長した。そんな自負がこもっている。

「いや、これくらいだ」

剛籟坊が雪宥の指の隙間を、五ミリほど広げた。

あまり褒められている気がしない、この微妙な厳しさが剛籟坊らしくて、雪宥は噴きだした。

「早くややこが産めるように、身を入れて励むからね」

「無茶はするな。こちらに戻ったのは、川の深みに嵌《は》まって怪我をしたからだと蒼赤に聞いたぞ。俺がいないときを見計らって、怪我をしたり行方不明になったりするのはやめてくれ。俺の身が持たない」

剛籟坊は一変して、険しい顔をした。怒っているのではなく、身が持たないというほどに心配しているのだ。

「見計らってるわけじゃないんだけど、そうなっちゃうっていうか。いや、ごめん。でも、怪我はたいしたことなかったんだ。凜海坊さまにもらった薬を塗ったら、すぐ治ったし」

「どこを怪我した？　見せてみろ」

「もうないよ。傷跡、消えちゃったから」

「いいから、見せろ。傷ついたところがないか、俺に全部見せて、安心させてくれ」

剛籟坊の気持ちもわかるので、雪宥は頷いた。

立ち上がって剛籟坊から二歩離れ、背中を向けて帯を解く。単衣をずらして背中を露にし、少し迷って畳に落とした。

身にまとっているものは、なにもない。

「岩にぶつけて、このあたりから血が出てた。傷が消えただけじゃなく、痛みもなくなったんだよ」

怪我をしていたあたりを逆の手で示し、腕を上げ下げしてなんの支障もないことを教える。

「背中はわかった。次はこっちを向け」

「……」

全裸なんて数えきれないほど見せているのに、雪宥はおずおずと背中を丸めて剛籟坊のほうを向いた。張りついてくる視線が恥ずかしくて、両手を股間のほうに伸ばしかけただけで、すぐさま叱責が飛んでくる。

「隠すな。すべて見せろと言った」

「こ、こんなところに怪我なんか、しない」

「お前が気づいていない、細かな傷があるかもしれん。俺が確かめてやる」

剛籟坊に手首を引っ張られ、前のめりに倒れこむ。

あっと思ったときには、雪宥は畳に仰向けに転がされていた。大きく開かされた両脚の間には剛籟坊が陣取り、獲物を捉えた獣のような目で全身に視線を這わせている。

雪宥はごくりと唾液を飲みこんだ。ひたすらに優しく慈しんでもらうのも好きだが、こんなふうに雄の情欲をぶつけられるのも好きだ。

もう一度隠そうとしたら、彼はさらに激しく求めてくれるかもしれない。そんなことを思って、雪宥が剝きだしの性器に手を被せた途端、剛籟坊はその手を払いのけた。

不機嫌そうな呻きとともに、陰部に顔を近づけ、とっくりと眺められる。

「ん……、ん……」

雪宥は身を捩ろうとした。視線だけでも感じてしまうのに、息がかかって、陰茎がぴくぴく動く。

根元を指先で摘み、表も裏も傷がないことを確認した剛籟坊は、呆気なくそれから指を離し、雪宥の両脚を抱え、押し上げた。

「やっ、やだ……っ！」

押さえつけられているので、もがいても身動きは取れない。剛籟坊は片手で窄まりを開き、なかまで見ようとした。

「ここも綺麗なものだ。安心した」

「あっ、あーっ！」

いきなりそこを舐められて、雪宥は堪えきれずに声をあげた。

陰茎は勃ち上がり、早くも先走りの滴をとぷりと漏らしている。ほとんど真上に来るくらいに腰を上向けさせられているので、剛籟坊の舌がどんな動きをしているのか、雪宥にも見えてしまう。

小さな蕾を舌先でつつき、くるくると周囲を舐めまわしては、なかにねじこんでくる。深く差しこまれたのち、顔を左右に振られ、足指の先がきゅうっと丸まった。

「ああ……、あ……、剛籟坊、もう欲しい……っ」

「まだだ。もっと味わいたい」

雪宥は天井や襖を見て気を逸らそうとしたが、淫《みだ》らな水音がひっきりなしに、体内からさえ聞こえてくるので、潔く降参を告げた。

「んん……っ、だめ、今日はだめ……！ 出ちゃう……」

精液を出さずに達することもできるが、いつもいつもそうはできない。体調はもちろん、感じ方によっても、我慢できるときとできないときがある。

「かまわない。全部飲んで、お前に返してやる」

剛籟坊は舌の代わりに指を入れ、腹につくほど勃起した性器をしゃぶり始めた。

上向いた腰は少し床に近づいたものの、依然として両脚は剛籟坊の肩に乗り、下肢の自由は利かない。

「あっ、あっ、いやっ」

幹を唇で扱かれ、剛籟坊のものほどには、くっきりとしていない括れを何度も舌先で舐められ、滲みでる先走りを吸い上げられた。器用な舌の動きを、雪宥は自分でするときの参考に覚えようと思うのだが、いつも覚える前に愉悦に呑みこまれてしまう。

絶妙な強弱をつけて奥深くまで呑みこまれると同時に、後孔の浅いところで遊んでいた指が、真《ま》っ直《す》ぐに突き入れられる。

「んー……っ！」

雪宥は衝撃でビクンと腰を震わせ、絶頂に達した。

口内に放たれたものを、剛籟坊は美味そうに飲みこんだ。残滓を絞り取り、出るものがなくなっても、まだ舌が精を求めて動いている。

感じすぎてつらいのに、そうしてもらえるのが嬉しくもあって、雪宥は忙《せわ》しなく喘ぎながら腰を揺らめかせた。

指ではもの足りないと、肉襞がせつながっているのがわかった。もっともっと太くて逞しいものに絡みつきたいのだ。

「入れて……、剛籟坊の、俺のなかに入れて」

たどたどしくおねだりをすると、剛籟坊がやっと雪宥を口から出した。熱い口腔から外に出されて、ひんやりした空気を感じるのが恥ずかしい。

剛籟坊は両脚を左右に大きく開いて下ろし、そこで服を脱ぎだした。

雪宥が逃げると思っているのか、絶頂を迎えた陰茎や、挿入を待っている秘部からいっときでも目を逸らしたくないのか。あるいは両方かもしれない。

裸になった剛籟坊を、雪宥はとろんとした目つきで見つめた。均整の取れた筋肉質な肉体は、芸術品のようだ。

彼の肉棒は欲情しきって、天を衝いている。いつ見ても圧倒されるほどに雄々しく、雪宥がそうさせているのだと思うと嬉しくなった。

先端から先走りの露を滲ませたそれは、剛籟坊が動けば、ゆらりと揺れる。欲しい、入れてと何度もお願いしているのに、まだもらえない。

「……ん」

焦れた雪宥が猫よろしく片手でそれを引っ掻く真似をすると、機嫌よく笑われた。

「ねこじゃらしを狙う猫みたいだな」

覆い被さってきた剛籟坊の背に腕をまわし、離れないようにしがみつく。膝を立てれば、濡れた男の切っ先が窄まりに押しつけられた。

息を吐いて、硬いそれが入ってくるのを受け入れる。

「ふ、は……っ、あ……」

まだ入っている最中なのに、雪宥は身震いするほど感じていた。狭い内壁は、待ち望んだものの到来に喜んで、むしゃぶりついていく。

雪宥自身も反応して、剛籟坊が根元まで埋まったときには、すっかり元気になり、腹や下生えを零れる滴で濡らしていた。

浅い動きが始まり、徐々に深く大きくなっていく。

剛籟坊は雪宥の首筋や胸元に顔を擦りつけていたが、頬に乳首が当たると、それに吸いついた。

「んんっ！　や……っ、ああっ」

雪宥は仰け反り、剛籟坊の顔を押しのけようとした。

乳首に触れられたのは、今日は初めてだ。敏感な突起を舐められ、舌で擦られるたびに尻がきゅっと反応し、なかの剛籟坊を締め上げてしまう。

「やだ、だめ……、あっ、両方は、いや……！」

必死に訴えても、剛籟坊は聞き入れてくれなかった。

腰を動かして尻を可愛がりながら、左右の乳首を交互にねぶりまわす。どうしたらいいのかわからないくらい感じてしまい、雪宥は泣きじゃくった。

「あ、あ、やぁ……ん、やだ……ぁっ」

腰を捩れば、剛籟坊の形や硬さをまざまざと実感することになり、背中を反らせれば、乳首を剛籟坊の口に押しつけることになった。

無駄な足掻《あが》きがすべて、雪宥の身に快感となって返ってくる。

剛籟坊が抉るような動きに変えて、腰を打ちつけてきた。弱いところを括れで引っ掻き、擦り上げ、奥まで入れては先端で捏ねまわす。

「いい……、いく、いちゃう……、気持ち、いい……っ！」

「かまわん。好きなときにいけ」

乳首から唇が離れたと思ったら、腰を抱えて持ち上げられた。

膝立った剛籟坊に揺さぶられて、雪宥はのぼりつめていった。不安定な体勢は、つながって支えている肉棒に神経を集中させる。

雪宥の内部はとろとろに蕩けきり、剛籟坊が繰りだす摩擦に翻弄《ほんろう》されるばかりだ。

「ああ、や……、あー……っ」

口を開いて意味をなさない嬌声《きょうせい》を零し、雪宥は畳に爪を立てて仰け反った。

精液を噴きだしながら達している雪宥の奥深くに、熱いものが流れこんでくる。剛籟坊も射精しているのだ。

すべてを出し終えると、剛籟坊は肉棒を抜き取って雪宥の腰を下ろし、絶頂の余韻でヒクついている姿態を見下ろした。

しとどに濡れて萎《しぼ》んでいる陰茎を手で避《よ》けて、さっきまで剛籟坊が入っていた窄まりを覗きこまれ、さらに指で開かれても、脱力してしまって押しのける元気が湧かない。

剛籟坊は好きなだけ眺め、雪宥の顔に視線を戻した。

「お前の状態を毎日確かめて、よい時期に孕ませよう」

「は、孕ませるって……！」

やけに生々しい単語に、雪宥は真っ赤になった。

「お前はいつまでも初々しくて、可愛らしい。いった瞬間、せっかくとどめていた神通力が舞い飛んでいたぞ」

「えっ！」

雪宥は驚いて、自分の身体を見まわした。たしかに、止まっていたはずの金粉が舞い飛び、剛籟坊にまでまとわりついている。

せっかくもらったものを無駄遣いしてなるものかと、雪宥は体内で気を循環させるイメージを作ろうとしたが、剛籟坊の指に乳首を押しつぶされて呆気なく中断した。

「んんっ、ちょっと、邪魔しないでよ！」

「快感で箍が外れてしまうなら、今止めても同じだ。これで終わるつもりはないぞ？」

「じゃあ、箍が外れないように練習しなきゃ」

「では、快感を与えつづけてやるから、頑張って練習するといい」

「あっ、やぁっ、待って、まず……心の準備、から……やぁっ……！」

剛籟坊は指で乳首を弄りながら、先ほど雪宥が出した精液を舌で舐め取り始めた。性器には触れられていなくても、一度蕩けた雪宥の肉体が燃え上がるのは早い。

頭で気を循環、気を循環、と唱えていたはずなのに、いつの間にか飛んでしまい、剛籟坊の愛撫に喘いでいる。

薄目を開いて見てみれば、盛大に金粉が舞っていて、眩しいほどだ。

せっかく決意したが、この調子では、ややこを孕むまでの道のりは遠そうである。

剛籟坊が気持ちよくさせすぎるのが悪いのだ。

そう思いながら、気を制御することを放棄し、雪宥は剛籟坊にしがみつき、愛されることに没頭した。

エピローグ

「雪宥さま。どんぐりはいかがですか。焼いた栗もございますぞ。花の蜜《みつ》ならこちらに集めてございます。ご入り用のものあらば、この蒼赤にお申しつけくだされ。なんでも揃えてまいりますぞ」

目の前にわんさか食べ物を用意されて、雪宥はうんざりした。

雪宥の食欲は、剛籟坊の精液のみにおいて旺盛《おうせい》で、ほかのものはあまり食べたいと思えない。蒼赤も知っているはずだが、浮かれるあまり、いろいろと手を出さずにはいられないのだろう。

二十歳だった雪宥が天狗界にやってきて三百五十日。人間世界の時間に換算すると、五十年。

雪宥は先日、七十歳にしてようやく、剛籟坊にややこを授けてもらったのだ。

天狗の七十歳はまだまだひよっこで、剛籟坊は念のため、あと二十年は修行を積むべきだと主張したのだが、雪宥が我慢できなかった。

四十一歳のときにややこが産みたいと決意し、それからは人間界で修行に明け暮れ、苦節二十九年である。正直、こんなに時間がかかるとは思っていなかった。

「まだ、信じられないけどな」

自分の腹をそっと撫で、雪宥は呟いた。

剛籟坊が仕こんでくれた種がここにある。まだ小さなそれは、少しずつ雪宥の体内で大きく育っていくという。

雪宥は最低でも二人は産むと決めており、第一子は雪宥に似た子か、剛籟坊に似た子にするかで、揉めに揉めた。

ややこは剛籟坊の神通力で作るものだから、人間の子のように生まれてみてからのお楽しみ、というわけにはいかない。仕こむ段階で、製作者の希望が通ってしまう。

雪宥には甘いくせに、こういうとき、剛籟坊は絶対に折れない。

けれど、仁義なき長い言い争いの果てに、雪宥が勝利した。雪宥の腹に宿っているややこは、剛籟坊に似た子になる予定である。

「雪宥さまはなぜ、それほど剛籟坊さまに似たややこをお望みなのですか？」

蒼赤がこきゅっと首を傾げて訊いてきた。

「なんとなくだけど、剛籟坊に似ているほうが、元気で丈夫な子に育つ気がしたから。初めての子は不安だし、俺に似て、ひ弱で不器用な子だと、いやだなと思って」

「剛籟坊さまがお作りになるのに、そのような抜かりはないと思いますが。外見は雪宥さまに似ていても、中身は正反対、きっと元気で器用なややこが産まれますぞ」

雪宥と蒼赤は、しばし真顔で見つめ合った。

「中身は正反対、ってわざわざ言わなくても通じるだろ！　なんて失礼な烏天狗だ！」

「申し訳ございませぬ。この蒼赤、素直が取り柄で、嘘がつけぬのです……！」

「む、むかつく！　このむかつきは胎教に悪いかも」

「なんですと！　雪宥さま、すぐさま安静になさってくだされ！」

「安静にするより、見たいものがある。すぐに気分がよくなるやつ。わかるだろ、蒼赤。アレ、やってよ」

雪宥がにやにや笑って言うと、蒼赤はいやそうな顔をした。

「またでございますか。酔ってもおらぬのに、アレはそうそうできませぬ」

「いいじゃないか、見たいんだ。腹のややこもそう言ってる気がする」

「まったく、しようがありませぬなぁ」

やれやれと肩を竦めた蒼赤は、雪宥の目の前ですっと顔を上げ、黒い嘴から舌をべろんと出して目の横の穴をふさいだ。

「耳栓！」

雪宥は噴きだし、腹を抱えて笑った。

二十九年前、雪宥の転成を祝う宴の席でこの一発芸を初めて見たときは、まったくおもしろいと思えず、耳にどんぐりをつめたらどうか、などと言ってその場の空気を凍らせた。

あれ以来、修行の合間に蒼赤から天狗の笑いツボを伝授してもらっているけれど、残念なことに、雪宥の感性は天狗に馴染みそうになかった。

この「耳栓」も蒼赤がやるから笑えるのであって、ほかの烏天狗がやっても、いまだにおもしろいとは思えない。蒼赤は右側の耳をふさぐのが癖で、黒い両目も舌につられて右を向くのが、なんともいえずおかしいのだった。

舌を戻した蒼赤は、照れたような顔で乱れた毛並みを手で整えている。素面で宴会の一発芸をやらされるのが、恥ずかしいらしい。

「さぁ、大笑いなさったあとは、この花の蜜だけでもお召し上がりください。これはよく母乳を出すと言いますので」

「……？」

ボニュウ。耳にしたことのない単語を聞き取って、雪宥は笑みを引っこめた。

蒼赤に詳しく訊こうとしたとき、剛籟坊が部屋に入ってきた。

「おかえりなさいませ」

蒼赤は平伏して主を迎えると、そのまま襖を閉じて下がっていった。邪魔をしてはならないと心得ているのだ。

「おかえり、剛籟坊」

剛籟坊の広げた腕のなかに、雪宥はぬくぬくと収まりにいった。

「ああ。いい子にしていたか」

「もちろん。俺もややこもね。チビ剛籟坊を早く大きくして、早く会いたいよ」

チビ剛籟坊、と言ったときに、剛籟坊がちょっとたじろいだのを、雪宥は浮かれていて気づかなかった。

「また、蒼赤が揃えたのか。お前は食べないのに」

剛籟坊は雪宥を膝の上に乗せて座ると、蒼赤が用意した食べ物の山を見て苦笑した。

「そうなんだよ。孫の誕生を待ちかねて、あれこれ世話を焼いて焼いて焼きすぎて嫌われる舅路線を一直線に進んでるね」

「この花の蜜は、お前にいいかもしれん。口に合えば、毎日舐めてみるといい」

蒼赤のお勧めと同じものを、剛籟坊からも勧められて、雪宥はガラスの器に入った蜜を見下ろした。花の蜜というより、蜂蜜のようだ。

「……剛籟坊。つかぬことを訊いてもいいですか？」

「なんだ、改まって」

雪宥のかしこまった言葉遣いに、剛籟坊は笑った。

「ややこ天狗は、なにを食べて大きくなるの？」

「不動杉から生まれたややこは、森の樹液やら、花の蜜やらで育てているな。伴侶が産んだややこは乳を飲むそうだ」

「乳？　誰の？」

「お前に決まっている」

「……！」

雪宥は咄嗟に自分の胸を見下ろした。

よもやと思ったが、やはりボニュウとは母乳であった。膨らみもなにもないそこから、そんなものが出るとは思えない。

「この蜜は母乳を出すのを助けると言われている」

「お、俺からは出ない、と思うよ……」

「ああ。すぐには出ない。俺がこれから毎日揉んだり吸ったりして、出やすいようにしてやる。俺だけのものだったお前の可愛い乳首を、ややこが吸うのかと思うと妬けるな。それが俺の息子でも」

「……」

なにから突っこめばいいのか、わからない。これは現実なのだろうか。

雪宥は呆然として、剛籟坊が単衣の胸元をはだけ、露にした乳首にしゃぶりつくのを、ただ見つめるしかなかった。

あとがき

こんにちは、高尾理一です。「天狗の嫁取り」の第二弾、お手に取ってくださり、ありがとうございます。

雪宥が着々と天狗の仲間入りをしています。剛籟坊との仲も深まり（一部、深まっていない部分もありますが…）、私も二作目で慣れたのかちょっと弾けて、「嫁取り」に比べたら、かなり明るい話になった気がします。

登場人物も増えました。一匹狼ならぬ、一匹天狗っぽい剛籟坊なのに、意外と友達は多かったようです。御山が落ち着いたら、雪宥も他山へお出かけさせてあげたい。

高徳坊と銀嶺坊の美貌で霞んでるけど、光輝坊と八尺坊、もっさりした毛を剃った東犀坊はイケメンです。本当です。

タイトルの「花帰り」とは里帰りのことで、実際には帰ってませんが、家族に会えるのもこれが最後なので、ああいう形になりました。

天狗に成ったら成ったで大変で、修行とか里帰りとかしてたら、ややこにまで到達できず、ややこを期待してくださっていたら、すみませんでした。もし第三弾を書かせていただけるならば、ややこを書きたいです。ややこっていうか、おもに母乳とか授乳とか、つまり乳首です。

剛籟坊にいろんなことをねちっこくやらせて、雪宥を涙目にしたい。母乳、授乳という意図から外れまくっても、気にせずやりたいです。

引き続きイラストを描いてくださった南月先生、お忙しいなか、ありがとうございました！　表紙の髪飾りつき雪宥、可愛い…！　髪を括った剛籟坊が男前すぎて、長時間見つめ合ってしまいました。発売後に書店に行って、また見つめ合うつもりです。

そして、担当のO様、今回もご迷惑をおかけしました。あれこれ悩んだときにアドバイスをいただけて、助かりました。改めてお礼申し上げます。

前作から二年半も経ってしまいましたが、こうして続きを出していただけたのも、読んでくださるみなさまのおかげです。心から感謝いたします。

二〇一二年三月　高尾理一

高尾理一先生、南月ゆう先生へのお便り、
本作品に関するご意見、ご感想などは
〒101-8405
東京都千代田区三崎町 2 - 18 - 11
二見書房　シャレード文庫
「天狗の花帰り」係まで。

本作品は書き下ろしです

CHARADE BUNKO

天《てん》狗《ぐ》の花《はな》帰《がえ》り

【著者】高尾《たかお》理一《りいち》

【発行所】株式会社二見書房
東京都千代田区三崎町2-18-11
電話　03(3515)2311[営業]
　　　03(3515)2314[編集]
振替　00170-4-2639
【印刷】株式会社堀内印刷所
【製本】ナショナル製本協同組合

落丁・乱丁本はお取り替えいたします。
定価は、カバーに表示してあります。

ISBN978-4-576-12033-1

http://charade.futami.co.jp/